后浪出版公司

度外

黄国峻 著

四川人民出版社

图书在版编目（CIP）数据

度外 / 黄国峻著. -- 成都：四川人民出版社，
2018.12（2020.3 重印）

　　ISBN 978-7-220-11058-0

　　Ⅰ.①度… Ⅱ.①黄… Ⅲ.①短篇小说—小说集—中
国—当代 Ⅳ.① I247.7

　　中国版本图书馆 CIP 数据核字 (2018) 第 242218 号

四川省版权局
著作权合同登记号
图进字：21-2018-368

Copyright © 2000 黄国峻
本中文简体字版 Copyright © 2018 银杏树下（北京）图书有限责任公司
由联合文学出版社股份有限公司授权独家出版

DUWAI

度外

黄国峻 著

选题策划	后浪出版公司
出版统筹	吴兴元
编辑统筹	梅天明
责任编辑	王其进　熊　韵
特约编辑	王介平
装帧制造	墨白空间·张静涵
营销推广	ONEBOOK
出版发行	四川人民出版社（成都槐树街 2 号）
网　　址	http://www.scpph.com
E - mail	scrmcbs@sina.com
印　　刷	环球东方（北京）印务有限公司
成品尺寸	143mm × 210mm
印　　张	10.5
字　　数	136 千
版　　次	2018 年 12 月第 1 版
印　　次	2020 年 3 月第 3 次
书　　号	978-7-220-11058-0
定　　价	45.00 元

目 录

序

骆以军

    雅各的画作不能各别拆开来看待，任何一幅都缺乏一种解决完成的独立性，但是当我们留意到每幅之间的关联时，会赫然发现到期间的呼应与质疑。
——《留白》

    他们在那儿，他们远在他们所讨论的话语中，像是挤在一辆行驶中的火车上，那些什么"制度层面""势力整合"的字眼，成了火车车窗。一串串话语载着这群习惯于将自己交付给这辆列车的人，迅速前进，超越风景，玛迦目送这便捷的列车驶过，算了，很快又会有下一班的。——《留白》

某次听黄春明先生回忆国峻童年的一段往事，非常感慨且感动，他说国峻从小便敏感而害羞，却运气不好没遇到愿意柔软理解他的老师。小一时，有一次黄春明发现国峻写作业写到十一二点，原来是老师要他把每一个错字罚写二十行，而国峻一共要罚写九个错字一百八十行！黄春明第二天去找老师，说我觉得对一个小一学生来说，晚上九点上床睡觉比把每个错字写二十遍要重要。没想到这位老师是个气量狭小之人，冷冷回了一句："那我没办法教你们小说家的孩子。"从此在班上冷淡疏离国峻，小二时黄春明便让国峻转学，但那时学期还未结束，有一天黄春明便对国峻说："国峻，我们去环岛旅行好不好？"

　　于是，在那个年代（还没有高速公路），一对父子，公路电影般道路在眼前不断展开，父亲骑着野狼机车（里程走太远还要在路旁将机箱拆下清理灰渣），儿子紧紧抱着他。他们在客家村落看猪农帮母猪接生，像电影画面，我们似乎看见七岁的小国峻，睁着惊奇、黑白分明的大眼，躲在父亲腰后，看一只一只晶亮湿漉裹着胎衣的小猪鬼，从母猪的后胯挨挤着掉出。或是他们在旗山看见遍野香蕉树叶如巨大神鸟集体扇扑翅翼，在台风中中魔狂舞，也因为遇到台风，他们骑机车顶着漫天银光的大雨，父子披着雨衣，折返北上。

那个画面让我感动不已。原本是被这个社会粗暴伤害的预言般的启始时刻，一个敏感的灵魂，却被父亲的魔术，转进公路电影的，对这个世界惊异且诗意的窗口打开。"国峻在那时看见了什么？"对于我像是一则关于小说——小说可能开启的观看，神秘眼球、魔术万花筒，或一个自给自足的孩童马戏团，这样一个隐喻：一个孩子，他正被这个世界（远大于他的暴力）伤害，这位父亲，守护他，为他展开一场公路电影，但这位如天使般晶莹的孩子，他看见的，在他眼球中所播放的，未必是所有大人想象的风景。"度外"，空间上它可能是在这一切画面、画面中的人儿、风景，这一切之外的，"眼球玻璃体的另一种弧光"；时间上，它可能是小说所能赠与的诸多时间领悟之外的，另一种穿过这些小说时间的方式。

我最初读到黄国峻《留白》，当时心中想到的就是"法国新小说"，特别是罗伯－格里耶的名作《窥视者》《嫉妒》。那种在小说的叙事力量，已自觉、怀疑一班人阅读小说时的俯视"绝对权力"。某部分来说，这样的小说，可能将我们正阅读的小说视为一幅画。照亮这画面中场景里人物的光源，不再是读者如电影投影光束的"让故事跑动"。如同福柯在谈论委拉斯开兹《宫娥》时所举证，造成视觉的光源从这空间四面八方产生，每一个看似无关紧要的角色，他（她）观看这"同一景致但不同角度"的眼睛，若有深意的表情，使整幅画像一布满红外线光束的蜘网阵，汹涌喧哗的视觉市集、视觉马戏团——即使从我们这样单一的角度看法，只是一幅关于"观看"的静物画。

所以"法国新小说"那些人，提出了小说的主角，是一屋子的客体物件，只是这每一件物件，透过这篇小说叙事者的眼睛，它们不再是"纯洁"了，它们已是荧光般、沾着辐射尘已经"被动过手脚"了的餐桌、餐椅、墙上的挂画、橱柜、烛台……一切的一切，都已带上了叙事者的感觉：怀念、嫉妒、窥察真相的侦探式观看、"我不在其中"的空洞与哀愁、"原该是我的空间却被另一人占据了"……种种。

"法国新小说"并没有在二十世纪后半叶造成较大的影响——主要是他们对于小说中叙事者故事纵欲（或无节制力）的摘取，要穿过的哲学镜箱，抽象的几个翻转，难度颇大，和二十世纪的后半叶，从小说那攫取了"说故事者"神杖的，好莱坞为首的影视工业，乃至现今已蔓窜布展成另一种文明形态的网际网路，集体创作，故事已超出单一作者提出沉思、延搁、缓阻……之愿力，喷洒迸爆，成为一种朝大数据巨量"全人类都在疯故事"的菌藻式繁衍奔驰，形成了"演化的脱节"——更别提清末乃至二十世纪初，"文学改良刍议"才启动的现代华文书写实验。从十九世纪西方写实主义借鉴来的中文小说，也许在上世纪八〇年受到拉美魔幻之晃动，似乎并没有再经历"小说意识"与"真实"之间较大的冲激和异质的"反书写"：或许这个民族这一百年来，光要说出人们所遭遇的，"不可思议的写实"，就已经占爆传输线路了。

这于是我们此际阅读（已在二十年前离世的）黄国峻的小说，那说不出的陌生诗意，眼球（或是调度重组那些片段字句之讯息的大脑）被一种奇特的太空舱漂浮感向四面八方离散，一种以许早些年初读北岛、顾城，或年轻时的余华、格非小说的，一种"小说还没长成后来所是的庞然巨物"，最开始时刻对小说的"寂寞的游戏"，一种新生事物、如朝露未被蒸发前的，灵动、纯真。

　　金属餐具的表面，映像扭曲、破碎。——《留白》

　　坐在牧师身旁的哈拿，她知道姐姐并没有不悦，只是累了。看那盘苹果，每片都切得不平均，有的还带着一丝外皮。她不是一向很会料理这些不必叮

咛的细节？——《留白》

　　困在窥看的视野中，她是藏不住心思的，没一会儿就泄漏情绪了。到底雅各在笑什么？好像有什么是自己从镜子里还看不到的。——《留白》

　　这样藏在行文中的细节，不胜枚举，我们难免想到过世后遗稿读见的《小团圆》《雷峰塔》，张爱玲即使在她中年之后，远离那个"原爆震央"，那个少女时间的自己，那从稀微时光流河中召唤的"感觉周边一切人们心思"的观察者，仍是痛苦困顿于自己数百倍异于常人的敏感，每个人的感觉她都接收得到，但她无能力左右这胶态梦境中所有大人们，像狙击手准心互瞄，那繁复错综的"塞满感觉之窒息"，因为她只是这画面里最孱弱的小女孩。那一切要等到很多很多年后，她才能重临伤害现场，细微索索、一笔一划重绘出"当时现场如何如何"。

　　《度外》这一批短篇，完成于二十六至二十八岁之间的黄国峻。我如今五十岁重读，仍震撼于那种"每一处小裂缝都抑藏着像蒸气壶的喷气尖叫"，然而最后是一整幅静默的群像。那种细微心思无处不在，遍布整个空间，乃至瘫痪的神经质。

国峻的文学内在世界一直是个谜，可惜他没有给这个世界够长的时间，提供更多的，这些"洞穴中的壁画""箱里的造景"，为何那么晶莹剔透？更多的解谜线索。我印象中曾读过某次他提及影响他较大的小说家，竟是弗吉尼亚·伍尔夫。当时我便觉得这位小说家真怪。没有我这个世代虽人各有异但一定会被其潮浪浸泡的马尔克斯、昆德拉、卡尔维诺、博尔赫斯、三岛、川端，或张爱玲。因此他的作品即使放在当时他出现的，台湾九〇年代这些作家群（包括黄锦树、董启章、我、赖香吟、同样已逝的邱妙津、袁哲生）之中，仍是说不出的"无脉可寻"、"无根而璞"。一直要几年后，所谓"内向世代"（黄锦树语）的集大成者童伟格出现，有其小说及小说论的洞穴层岩之延展纵深，我们或才多少有一些更全景的小说壁画之领悟，略能领会国峻的小说，"啊，原来那时你在那里。"

他的父亲是台湾重要小说家黄春明先生,其作品可说是鲁迅一系的传人,然又如巴赫金之理想说故事者,深谙底层、民间、市井各种杂语的自由活跳,带着说故事最原始的"流浪汉传奇"活力,其作品《青番公的故事》《莎哟娜啦·再见》《锣》,多篇已是台湾乡土文学的经典。但国峻的小说,完全跑到他父亲小说光谱的另一端。

譬如《归宁》这一篇,如果以现在流行的 IP 做法,可以简约成"一个叫安妮的新婚且怀孕女子,回娘家待了几天,和娘家人相处,没有发生什么重要的事"。事实的确如此,以我们能追忆的中文小说,譬如张爱玲的《封锁》,或是沈从文的《静》,所谓"无事儿小说",也许是一空景的素描,我们可以探寻这样的一篇素描,这些浮世绘中人物们淡眉淡眼,日常琐碎对话,摘去了重大戏剧性或事件,其实小说背后伏藏着某种"现代性经验",也许是更大的灾难或惘惘的威胁在幕后正发生,张爱玲和沈从文都是此中高手。

但黄国峻的"故事解离""空镜头"，连前二者那压至水面下，"藏起的鬼牌"，然终可以和大历史当时"小说中人物正活在怎样的乱世／虚假的楼台／眼前一切，下一瞬将被焚毁炸灭"的恐惧之预感，都不同，以疯子或精神病的当量计价，它只是一个初次怀孕的女人，内心的浮躁和浮想联翩（你非常难，近乎不可能做这样的联结："这个人，就是被他所在的时代，或受创的国族，给搞疯的"我们在鲁迅、波拉尼奥、马尔克斯、卡夫卡、奈保尔、鲁西迪，甚至那些美国短篇小说，都能做这样的轨迹连接）。一种小规模的纯净小说中的移形换位。

大多数人都没有发疯，安妮边走边想。她知道有的女人之所以发疯，是因为遭到严重的伤害，可是什么伤害那么强烈？路上的车辆在安妮眼前疾驶，互不碰撞，太神奇了。也许，一个女人正在研究如何做天鹅泡芙的颈子，如何将糖霜施撒平均，她的思维变得细如纤丝，这时突然一件伤害生命的事降临，这样的对比就可能显出伤害的强烈程度足以使她发疯；不过对于不必学做泡芙的人而言，他觉得被推倒在地根本不算强烈，至于算不算伤害，那就得看人的幽默感够不够了。——《归宁》

归宁，某种时光的租界。嫁出去的女儿，在那个清楚截断生命某一阶段形态，或身份的仪式之前，她是少女，女儿，这个家的女儿。但在那个仪式之后，她是"别人家的"，媳妇、妻子、母亲。但在"归宁"这短短几天，她又潜回原来所是的那个"自己本来理解当然在那其中"的空间，一种"犯规""僭越""被人世约定所取消的，却无声但任性的"挨蹭回女儿的老位置。那个重回不在场（我们想起品特的《重回故里》）形成这整个短篇，或这位怀孕女主角内在的"无人知晓的内在建筑正被飓风撕扯，将要分崩离析"的内在意识。

什么都没发生（以小说的戏剧性规模），但又发生了许多事（以小说的观测、视觉移动之尺标）。

我们试着从小说其中一段，以类似电影分镜的方式，看看这少妇安妮在"归宁"这段时光的再切分"小时光"里，遇到哪些事。

△午餐前，安妮去了一趟图书馆发泄。走到巷口，她看到几个老先生正在围观拆房子的工程。

△安妮想起了姑妈第一天所说的："你要是再早几天来，还有火灾可以看。"

△（作者的旁白）因为这附近的房子都盖得很接近，所以失火的那家人不但没有得到同情，大家反而把他们当杀人未遂的凶手来看。围观房子被拆，也算是种泄消心头之恨的方法。虽然本来安妮也想看看工人们是怎么拆的，但是想着人家的感受，于是也就离开了。

△安妮在校区图书馆里。一些老先生独占着报纸。

△安妮经过了各门学科类别，来到图书馆最角落，就在休闲类的下方，她拿了三本书，坐下来阅读。

△安妮没读完一面她就愣住了。怎么自己所拿的书——有那么多更有意思的书——是生育须知、园艺大观

和美食百科呢？怎么自己竟和一群秃头的老人坐在同一张桌子前？他们打呵欠，抖动两脚，难道自己看起来也是这副模样？大略地翻看食谱，彩色的图片吸引了注意力。这是吃的东西？做得真美味的样子，可是她的丈夫说：吃是低等的感官。没错，所有的事实都在支持他那无法被攻击的论调，可是这本书竟企图把低等的享乐精致化。

　　△一整段关于安妮被甜点美食书的照片吸引着迷至其"精致微物之神"的描写："……它们美得像是在教训、在嘲讽做和吃的双方。十颗做成天鹅形状的泡芙在糖浆上面浮游，这些泡芙有着细长的弯颈子、圆头，以及巧克力酱画上的眼睛，和背上如鹅绒般的糖霜、鲜奶油灌胀的身躯。这怎么吃？"

　　△外头一阵房屋倒塌的巨响，如雷鸣般传过来。是工人们所折的那间烧黑的危楼。

　　△这声音将安妮从书本中揪出来。她的感想：自己并不喜欢这样相比，但这些无比精致、雕镂，和房屋塌

倒的巨响相比，她才受到惊吓。

△一个人影站在身旁，安妮抬头，在图书馆遇见姑妈。

△安妮和姑妈一同离开图书馆，结伴回家。

△在途中市场外，两人见到路上一个疯妇。

△这里有一大段安妮对"发疯的女人所受的伤害，或没发疯的女人，那些伤害是如何移形换位"的内心独白。

△安妮和姑妈回到母亲家，桌上有半包留给母亲的糖炒栗子（奇幻的是刚才路上疯妇大喊卖糖炒栗子，但其实她拿的是空篮子）姑妈向母亲说："安妮是个体贴的孩子，话不多，挺懂得包涵人家。"母亲说："那是你没见识过她生气。"姑妈说："发脾气总比憋在心底让人放心，是吧？"

我就不用再引小说内文了，但有一句话，从这篇看去如细微水波，各种"面具后面的尖叫"，却如雷诺阿画作充满柔慈之光，静态风景画的粼粼描写中浮现："胎儿一稍有动弹，安妮就注意自己是否哪里做错了。"这种精密秤盘的晃摇、微观世界里天摇地动，但现实中只是沉默女子，穿梭在不同角色的换装自觉，或可作为这整本国峻短篇小说集的进入方式。我们会说："他太纤细了。""他太精密了。""他太内向了。"但这些小说的内在，有一种奇妙的内禀、原子引力，像许多小钢珠哗哗找寻一种动态的均衡，那个均衡态，外在世界一个稍大的变故，使全盘毁灭。于是这些小说的小心翼翼，精致动态如此珍贵。

在《触景》这篇由三个短片段书写的"景三"这一篇，我在二十年后重读，仍震撼于国峻的天才！那种奇异的空间变形，介面胶状的内与外的自由翻脱，因为写实主义小说无法抵达，而像多维演算，不可能的膜宇宙、胚胎化的时空捏塑，受过创伤的人们在这些奇特的材质如在极窄的剧场光区走动，辩证着爱与被弃的时光……这样子的小说境界，只有在其后黄锦树某几篇绝妙的短篇，或童伟格那"谜一样的小说秘境",才得见那种等级的高度。我重读时内心的惊异,以及痛失同侪最天才者的失落遗憾之感,再度袭来。

　　一张摄影作品。海浪在相纸上冻结。这是坐船在海上向陆岸拍摄过去的,山脉、房屋和火车,远远地浮在海面,海水荡出了碧蓝色与金色。虽然这不是亲眼见过,但也算见过了。

这很像阿莫多瓦《关于我母亲的一切》一开始那怪异的,已死的儿子的独白,好像无限依恋,感伤回忆的那个母亲,但后来我们意识到这儿子已经死了,那这个"追忆"的声音是从哪冒出的呢?国峻的这篇短作,是一个"声音的无中生有",这个叙事声音:"我们",似乎是在一张摄影作品前的观画者,"我们被绑在母亲的背上趴睡着",这像是个孩子,或某人回忆自己还是孩子被背在母亲背后看到一幅画(其实是摄影作品)的印象:"我们在那张奇怪的照片前止住了哭泣，斜着头，从她的脑袋旁往前看，看母亲在看什么。"于是孩子顺着母亲的视觉，画面与画之外的现实，那个介面被移接、偷渡了，"我们"进入到画之中，"我们在雷声中惊颤……雷声捶打着天空"，"大雨随即落下，我们来了"。我们原来不是孩子？是每一颗雨滴？但他又写"我们破碎成不同个人，落在母亲背上"。这于是"我们"以时光之外的侵入者，侵入到那个母亲还未成为母亲，可能还未受孕，被遗弃的创伤还未发动前的少女静美时光。有一个可能是"我们"的父亲的男子，和那年轻时的母亲在这大雨临袭，后来成为照片的"现场"，栩栩如生进行着一段年轻伴侣的，寻常的对话。

——"我就说应该下车回去，整片天都被雨下灰了。"男人看着他的那袋摄影器材说。

"我的脚站得好酸，不先休息就又要站回去吗？"母亲说。

——"就继续坐在这家店喝茶好了。"

"我们可以搭渡船，至少。"母亲回答。

——"我看船根本超载了，我们的命真不值钱。"男人说。

"可是如果不让他们上船，那他们会在岸上抱怨的。"母亲说。

读至此，这幅画面里的男女，给我们一个印象，男人是个艺术家（摄影师），充满想往未知世界探索的意欲，女孩（"我们"未来的母亲）是个阴性、柔慈，但陪伴在这位任性艺术家旁的小女人。国峻这样写着。

是哪个男人让我们的母亲怀孕？他在平常都做什么？他在小心摄影器材有没有淋到雨，他在用独到的眼光观察四周，拿着笔在小册子上写：何时何地，第几张的光圈是多少。他把那些纪录和心得，写得好像世上若没有他，那几行字是不可能有人能凑得出来的。

......

　　他写着：这世界用雨水触摸自己的身体，这淫荡的山川和林谷，这孤独的创造者。生命是死亡的过程，在死亡之前，我大概会有七十年的临终时间。写到这里，他坐回到她身边，她掏出手帕，帮他擦去袖子上的水珠。

　　这张"伤害照片"，"怀旧照片"，"昔日某一瞬时间的冻结"，是这位对身边女孩之温柔视而不见的男子（创作者），他将要摸索、灵光一闪的作品，而之后的时光，这个男子会弃这女孩而去，女孩怀了他的孩子，生下这篇文字说故事的"我们"，未来的回看、像侦探全景观测"当时"是如何一种情境的历史反思着。所谓伤害，其实朦胧、混沌于这个小母亲，在日后无数时光，背着孩子，看着"那张奇怪的照片"，"家中那张 哭母亲就抱我们去看的照片"，它既是伤害的源头（那个不在场的父），也是疗愈母亲思念哀伤的纪念圣物，更是"我们"之所以是"我们"的，在一切之前的史前史。"我们"就是世界，国峻写着："这世界是我们的打击乐器，各种材质上滴答声，合奏着，心情迈向欢娱，我们像自大的孤儿，嘲笑着费解的身世，没有羞耻心地横行着。"我们就是那张照片将被按下快门前，那将临袭的暴雨："……雨刷冷漠地挥开我们的包围，我们积在街道路面，等着阳光未来将我们从千百次的辗踏中蒸发走。一个个在各处避雨的人，动也不动地站着。"

这种关于"观看——被看"；"静物画中各有心思的人物素描"；如同，希腊导演安哲罗普洛斯的《雾中风景》，那对小姊弟以一张幻灯底片的静物画作为证物而展开不可能的寻父之旅；那个让人怀念的纯真年代的空气；或国峻内在思考的"爱""父性的神""只能在时光中领会的母性的牺牲和柔慈"，这些辩证（在这篇《触景》之三联小段的第一段，就写了一篇关于"男性上帝和女性上帝之间，关于创造的狂激，以及深知这创造必带来毁灭，那奇幻的纠缠与回旋"的故事）……以未来的"我们"，触景之不可能的小说才能发动的，狂欢的大雨，既成为"回到过去——发明那个将会创造未来的神秘时刻"，成为介面，也深邃地完成小说能触及，而写实主义无法触及的，"神所在的每一细节"。

针尖互相磋磨，操作它，机械化地持续此一动作，不用多久，双手便会感到停不下来，精神渐渐进入迷眩的状态中，这是一场在手心里展开的微型舞蹈，拇指与食指巧妙地一缩一踢，棒针尖像鸟喙般琢磨着大自然中某个坚硬的角落，要怎样才能了解它动作的用意？这大量反复的棱网纹路，不眠不休地繁殖着，那屋外尖细的虫鸣声，遍布整个星球，该不会闯进屋内吧？幸好后门提早锁上，今晚屋里没有男人。——《度外》

我的朋友宋明炜先生有次对我说："法国人和西班牙人认为，帕维奇是第一位二十一世纪的文学大师，虽然他在二十世纪写作。美国人认为,波拉尼奥是第一位二十一世纪的文学大师,虽然他在二十世纪写作。"

我如今重读国峻,这位极可惜才刚穿过二十世纪之膜,便殒灭的小说家,他建造那像是必须在工作台俯视,甚至拿放大镜才得观看的奇异音乐盒,那种难以言喻的光与影的舞步,硬质与胶状的交互鼓突与塌陷,每一瞬都在变迁的不同人的内心独白或画外音,他使得这里"双针织编"的人心——哭泣与耳语、嚣喧与孤独、声音与愤怒——像实验室的光子投射,从所谓小说的故事泥流或情节转盘中,抽离出来。或许国峻写这些小说时,并未读过巴塔耶、鲍德里亚,或福柯的《外边思维》,但他的《度外》,那种奇特的将看向过去的强曝光全开,使得猫瞳眯成一条缝,甚至进入全黑,暗室中松果体的投影光束打开,形成一整厅廊"黄国峻式天文馆"。心思像宫崎骏《千与千寻》里那成千上百只追击白龙的纸折之鸟,被某种意念幻术放出,日行千里,盘旋飞行,在画面之外自由再开启另一画屏,"为了收容这些思维悬浮在渺渺光影和重重时序的人们，于是街上挖开了一坑又一坑的咖啡馆、书店、剧院、画廊、以便他们不会掉入危险的空洞感中。"这些心之猿意之马，窜跳出原本画框剧场中，静峙站位的主人翁，以博尔赫斯所说的"编沙为绳、铸风成形、梦中造人"相反之物理形态，随意翩跹（是的，他其实是个像塞尚，不，夏加尔那样的画家），挥洒出在旷野、树林、河边，那让这"度外者"轻微忧悒，说不出是挂心或怀念的小小人儿，他们或在野营，或在打猎，或在水畔睡袋中将睡未睡。

这个"度外"（心思在己身之外的另一个空景飞行、冒险）的地景，又会遇见另一个人的心思，像一团龙卷风自成漩涡出现，很奇怪的，它又成为一内视空间"充满了多少另一群极多的人的意念"；"储存在架子上的书本，不断增加，往上叠高，真怕它们快压垮了这筋骨，书房是一间屋子里的大脑，如果崩毁，它就算个疯子了。"

这种静默的疯狂，人静立于屋中，但意念奔驰成旷野水影画，当那空洞感让读者以为是王尔德或米切尔·恩德的童话地景，小说内文那个紧束、折叠成书架上众书挤压的讯息重量立刻又让我们被压挤喘不过气。

　　她每天都花一点时间，慢慢整理，依照类别和时代做排列，并且移至另一个订制的架子上，分散它们日增的重量，这项工程从来不曾停顿。——《度外》

　　白齿的蛀洞，旋紧的瓶盖，还有许多背后有支援与指使者的小缺点，样样都可能占用了她部分的判断力。……那一道道字体不相同的书名，紧密地夹出一条条线缝，再亮的光线也照不进去，空间被吃掉了，往后退、往后退。——《度外》

我如今重读《度外》这篇小说，真是被那原以为静物素描，内向书写的，"小说打开了它的多声部音轨"，那个简直如《火影忍者》我爱罗撒向天际的"沙瀑忍"，那巨大的画面之外的翻滚、骤变、暴长的扭力，以及瞬间收摄，"烧光了的灯火和封锁的铁门"，这种介质任意揉掉，无中生有，但你会感到那种混杂了流失感、金属玻璃轧碎感、空间突然因人群走光的恐慌感、一种再说一点某个秘密聚会将熄灯关门的预感……它们成为一种超荷而爆炸碎裂，无法承受的"书写最高规格——也就是核爆——的引爆之瞬"，但作者将之羁縻，如琥珀胶冻于核分裂之瞬，那强光、地狱震波、烈焰，全部尚停在那只是像漏壶筛孔、微细"将要发生"之细微泄物，那个千万分之一秒的，时间痉挛起点。

这个"时间痉挛"，像一个掩口怕自己真的疯掉狂喊的女人，不断在窜暴而出的无垠旷野，压上像镇魂咒术的"繁复坛城"：图书馆、购物商场、电影院、街道广场四周的各式精品小铺（不可思议，那年代的国峻读过了本雅明吗？）。床底下喜饼盒里的广告传单、剪报、那些过期外文杂志上的"外国人"：马戏团表演、魔术表演、花车游行、选美比赛、足球与啦啦队和乐队、外国广告和卡通片、美术馆和城堡的介绍、鼓群和萨克斯管的黑人……。(不可思议,那时帕慕克还没写出《纯真博物馆》吧?),如同《留白》《私守》《归宁》,这本短篇集中诸篇,那个女人无人知晓的担忧、电影中的火灾跑出真实世界(那时还没有《黑镜》这个影集吧?),将这一切烧光。这一切的担忧、惘惘的怕哪里犯错、基于礼貌的反复回想斟酌极细微的他人的表情……翳影重叠将我们压垮。

我内心大喊:"国峻是未来的小说家!"

但随即想起,国峻已不在这世界上。

自 序

出书是件正经事，原本并没料到这么躲着做的一些个人化的小玩艺儿，将会要端出大门展示，这和起初正因为不肯和外人接触，才想私下练习动动笔的念头恰好是相反的。不过在出版社的接受下，对这个机会的产生，我理当舍下成见，欣然看待这份存在于一个普遍冷漠的社会中的鼓励之情。

不过我若是敢利用这册小书，就对哪位帮助我的人大表谢意，那恐怕不但有辱师门之嫌，更无法对我所拥有的环境资源做交代。由于我一向缺乏主动的生活经验的获取，以及写作的专业方面的认识所致，使得本书可能违反了一些基本的阅读条件。不过今天，阅读不比写作容易了，对于这番宽容和理解，我自然深怀敬意。

过去总以为自己的怯懦是纯粹的心理因素，但是最近我去医院做检查才发现，我的甲状腺激素是正常人的好几倍，原来这自幼决定了体型和紧张情绪的因素，是起自可由药物来改善的生理问题。当然身心两者是会互相对抗的。讽刺的是，身心这两者竟又是如此紧密协调着。然而主观的表达和外在的评判，是否也存在这种关系呢？这让我回忆起在我五岁时，当时母亲在动物园的饮食部隔壁一间小亭子里贩售明信片和纪念品之类的东西，我常跟进去免费参观，在独自去逛了几次之后，觉得笼子里的动物好像每天都衰懒不动，接着就有些游客忍不住用各种方法去刺激。我注意观察他们的言行，突然觉得他们才是被看的兽群，而我像是那里唯一的人类，然后又想到背后是不是同样有人在看我这只自以为是人的雏禽？我望望四周，感到对某种未知的巨大恐惧了起来，于是我躲回到亭子内母亲身后布帘后的库房里的床板上，我闻着弥漫园中的动物的气味，听着猩猩呼叫，更远的飞禽鸣叫，还有不知道是犀牛还是熊或河马的呵欠声，整个中午都满脑子幻想。

在开放的生活环境中，想象和创作是不断处处在发生的，它的传递与生息能够展现出人的另一个模样，而这过程中所使人意识到的对抗与协调，也许正是人容身的亭子。这集子里最早写的是九七年五月的《留白》，最晚是九九年九二一地震前一晚正好写完的《度外》。当时买的一盆非洲堇，最近在窗台上开了三十二朵酒红色的花。

留 白

留出来的空白，
在整个构图上的比例扩大了，
而且移向中心。
那些色块、线条，在图框中没有出口，
像撞球一样，来回碰撞，
什么事都要担心、都要逃避。

树荫不见了，不止树荫，连一整个早上斜倾在屋子旁的一大片阴影也不见了。矮篱外，小径的路面，以及两侧所长满的丛丛枝叶，都被悄悄地撕去了一层发亮的薄膜。就是这么一回事，阳光撤隐了。

下楼、推开纱门、走到院子，玛迦还在犹疑，到底要不要把面前这些才刚晾上架子的衣物收走？预感，她听见了雷声，说不定是军事飞机，或是远处工厂出了点意外。仰头看着动也不动的浓云，玛迦心里一片空白。

总会有这么一天到来，像现在，只有他们两人在家，哪儿也不必去，而别人正好都在各处奔波。床单垂悬，阻隔着视野。当他们落入这一天时，才觉得毫无准备。仿佛和前后的日子接不上关系似的，它中断在这样一个郊外，没有展开的动静。愣在那儿，她像是被那面床单给补住了。原本雅各就是要取这个景，先画那片树林，然后再画那些遮了风景的衣物，可是，他的妻子正打算收掉它。

其实淋点雨再收也无妨，反正这裤管还在滴水。低下头，玛迦看到脚边，前天扫成堆的落叶还在这儿，没有被翻搅过。她的儿子真的搬到寄宿学校了。以前她时常一边重扫那些落叶，一边指责身后的小约翰；要是身后没人，她会当那是风吹乱的。

这有什么好玩的？老是听到约翰自己在这里呼叫着："下雪了！"黄褐色的雪？都已经住进校舍了，他还在想这些树。到哪儿都有树，好像所有的树，在地面下都是相连的，是同一棵巨树的不同部分。他比喻说：就像躺在海中的巨人，他的鼻尖在北极海面露出；脚尖则是在南极海面冒起。玛迦轻摸着树。

念在雅各夫妇头一次与儿子分离，几个家中的常客约好了，要趁两人今年到小屋度假时，前来探访一番。于是，包括几位随伴而来的陌生人，这一行人便这样被上星期的那几个光秃秃的日子扫成了一堆，堆在小屋里。

虽然还很远，但是当玛迦把落叶倒到篱外时，她确信那是雷声。将这堆衣物抱进屋子，真可笑，她看起来像是被云团遮蔽了。她常常不知道自己正在使雅各感到可笑。从吵杂的交谈声中挤到厨房，他知道玛迦不喜欢不能露出一脸不悦的场面。小屋里不该有这番景象的，生面孔会令人不自在也是常情，他们都不欣赏太快显得让人感到可以信赖的人，那种人是狐狸。

坐在牧师身旁的哈拿，她知道姐姐并没有不悦，只是累了。看那盘苹果，每片都切得不平均，有的还带着一丝外皮。她不是一向很会料理这些不必叮咛的细节？和那些画商相较（他的笑声像是在轰炸屋子），这一点盘中的瑕疵，就算是刻意制造的，也不要紧。

苹果的旁边一盘茄汁牛肉，还剩一半。根本看不出那些丁块是出自牛只身上的哪个部位。不到将来，没有人会明白，这一天是位于整串日子中的何处？天色像要骤变，但是它还是悬在那儿，不晴不雨，不晓得哈拿她是想一个人去逛逛，或者真的只是想代姐夫去市场买菜。

　　要不是这群访客，要不是约翰搬走了，哈拿会在这一天早晨，和姐姐一起屈蹲在草丛后，偷窥那两只在地面上觅食的小云雀吗？她极小声地在玛迦耳边说："下午让我去市场买菜，冰箱里什么都不剩了，姐夫的学生真是个个食量惊人。"已经这么接近了，真怕连呼吸也会被它们发现，别出声、不要动，于是两人被心中的担忧冻结于此。

　　困在窥看的视野中，她是藏不住心思的，没一会儿就泄漏情绪了。到底雅各在笑什么？好像有什么是自己从镜子里还看不到的。一旦她冻结在这样的角度时，她所惦记在心的事——他在笑什么——就会显得毛躁不听使唤。必定是某处猛然一颤，所以那两只云雀便匆匆飞走了。它们敏感得能够感知地底下的微震，本能的警觉性就是要它们去误解所有风吹草动。

也正是因为访客的到来，雅各才有机会保护妻子，很自然地透过交接的目光向她说："我们是同一阵线的。"对，她又不能没有雅各了，一个家是需要他来应付外界，他乐在其中，应酬是心态上的见识，他在自我充实着，长久的充实使他能够面对画布。那些丰富的阅历，不断地牵引他手中的画笔，在那等着被说服的观众脑中作画。他就是爱拦阻外界入侵，为了袒护玛迦，帮她推辞校务，婉拒教会方面的敬邀，然后又说这没什么——。

　　云雀不见踪影了，但玛迦还在张望。其实她也不知道自己守在草丛那儿，是曾想对它采取何种行动后，才会对它飞走的结果感到遗憾。每当她注视一个东西，她就仿佛寄放了某部分的自我在那东西上，某个沉重的部分。可是，它怎么这么轻巧就飞走了？就这样夺去，真舍不得。长久以来，一直有一份伺机而动的情感在她心中，老是想趁她注视某个对象时，膨胀起来，然后闯出去，攀附在它上面。如今，约翰不在视野范围内了，她花过多少时间注视着这孩子，从小到大，看透了他的心思。她知道他快要想站起来，穿过餐厅，到父亲那儿去，小心餐桌上的茶杯。他要雅各帮他把毛巾扭干，再干的毛巾爸爸也能再扭出几滴水，再紧的盖子也能扭开。孩子长大后总要出外念书，这是再寻常也不过的事了，不然要怎样。她不曾想过要逮捉那两只云雀。

无意间，玛迦发现她们走到了平常散步的范围外，而没有发觉的哈拿，还一直相信姐姐在带路。听她的谈吐，毫无心疑，她和那些猛夹菜的学生不一样，他们一心想成为能靠绘画作品得到肯定的凡人。真糟，玛迦记不得他们的名字了，不是叫错了、就是没叫；难怪学校不让她兼课了，去从军或许还比任教更适合她。他们都不到三十岁，还年轻，聚在一起就是这个模样。雅各能够充分满足他们的好奇，并且再留下一些问题以供思索。一到假期，他们的心思就溃散在兴奋之中，看他们谈话时的手势，聋子也知道那是在说什么。和玛迦曾在课堂上遇过的那群十五岁孩子们一样，他们无法不沉迷于青春活力之中。

"我很好，还不会累。"哈拿的关心使她留意到自己的神态。玛迦不是累，而是觉得自己老了，觉得自己在生活之外，在缩小着。有时候低头看看脚趾头，却好像在俯瞰悬崖；而仰头看看月亮时，又好像是在望着吊灯。这忽大小忽远近的比例错觉，搞得玛迦没听到人家在谈什么，记不牢人家的名字。

同样没有参与交谈，牧师夫人缄默地坐在对面，动也不动地听他们像传球似的轮流开口，只有那对灵活的眼珠子在随着声音的来源飘摆，好像她整个人就只是那颗黑珠子，而身体只是用来展示一些服装的道具罢了。那是一种浓缩、提炼过的生命状态。有内涵的女人，穿什么都好看。眼眶含着眼珠子——她所看过的景象尽在其中——退入暗穴，牧师夫人也老了。

偶然间，几句话听进耳朵，玛迦意识到自己进度落后。他们谈到哪了？不，不可以断章取义，再仔细听一会儿；一牵涉到理念问题，就免不了有歧见，歧见好过粉饰太平。一头往里面栽。大家是一个整体，一起吃掉同一桌晚餐，绝不容许她分心在不要紧的事上，一起加入吧！可是（别说那又如何），这桌美食无可挑剔，这是她婚后至今的成果呈现，就这一桌满足口腹的食物？看，那位男学生说"我们可以厌战，但不可惧战"时，他口中还嚼着炸虾球。奇怪，不是说要仔细听人家在讨论什么吗？

他们在那儿，他们远在他们所讨论的话语中，像是挤在一辆行驶中的火车上，那些什么"制度层面""势力整合"的字眼，成了火车车窗。一串串话语载着这群习惯于将自己交付给这辆列车的人，迅速前进，超越风景，玛迦目送这便捷的列车驶过，算了，很快又会有下一班的。从牧师夫人的眼神看来，他们刚才可能语带嘲讽，或是她不以为然？这些挫折使她感到自己既狡猾又无知。身为姐姐以及母亲，一到需要她参与表达时，她总是说："去问爸爸。"接着，他们对揭发一切更有兴趣了，他们对雅各的画展之所以有兴趣，就是它有尚待揭发的空间。

展出的最后一天，有一些人是因为读了艺评才来的：

"雅各的画作不能各别拆开来看待，任何一幅都缺乏一种解决完成的独立性，但是当我们留意到每幅之间的关联时，会赫然发现到其间的呼应与质疑。"许多脚步在画作前徘徊，像是在月台候车，他们试着有意要拼凑出雅各内心的全貌。哈拿还在考虑，要不要答应姐夫的邀请，和牧师他们一起去小屋聚聚。画作干扰着她思量。第一笔可能是在左上角落下去的，他毛躁，后来每一笔都是为了补救第一笔而产生的，他邀了多少朋友去？他要玛迦心烦不成？颜料增加，他要盖掉空白处。谁会相信艺评，画面中缺乏组织秩序就是他要表达的？哪个人不是都在调整自己，使大家感到轻松，但是雅各不必，他有资格令大家乐于困惑，他以不修饰为荣、他炫耀生活习惯的笨拙，然后世人还想明白他的感伤。如果生活琐事耽误了创作，那多令人惋惜和不平，就让琐事去把玛迦剁碎吧，这还不简单。"好吧，我也跟你们去小屋。"哈拿说。

从冰箱中取出甜瓜，削皮、剖切、去子。哈拿猜得没错，姐姐不想得到援助，没有人能妨碍她独自端上第二道水果，那是她仅有的慰藉，她卧底，但是没任务。

偏偏这时候，牧师还要语气威吓地下结论："我们已经置身在这些议题中了，没有人离得开！"让人真想从椅子上跳起来，夺门而出。幸好牧师夫人接着马上开口，平缓了气氛。"有这样的贤内助，雅各想不像现在这么有成就也难。"这倒提醒了他，又是个好机会，他要像在画展上的茶会一样，将自己所获得的一切荣誉，全归给妻子。哦，他太谦虚了，这种体贴真感人。他崇拜妻子，从口中说出来，怎么不令旁观者羡慕得动容。"其实在外表下，老师是个温柔、很平易的人，连掉饭粒的样子也有趣。"可是，玛迦讨厌学生们这么窃窃私语。"他以为我是个一被赞美就乐得满心感谢，私下会对他热情起来的笨女人。不行，我怎么那么不知足，可恶，我要怎么做，才会看起来自然一点呢？"

金属餐具的表面，映像扭曲、破碎。只有玛迦会在上面看到自己的映像。她的活动总是使对它的描述显得无聊。菜买回来、摘洗菜叶、炒熟、端上桌，就这样，简单得没人愿意浪费时间去做。她不会出现在需要提出来谈论的话题中（他们正在谈某个建筑师的童年），更不会出现在书本中（他们围在书架前）。把菜渣和骨头倒入满了的垃圾袋，她知道其实这袋子还能装，不能被外观所骗，于是使劲压了几下，它便又可以容下半袋垃圾了。

　　与他们的谈话无关，玛迦在轨道外头，哪天都一样，她与生活无关。她散步在半途中。看见紫薇树了，快要回到屋子了。哈拿勾着姐姐的臂弯，她不习惯走在野地上，脚下的土壤，有湿有干、有实有松，她无法预知下一步要踏得多轻多重，这远比市街难走多了，她思考不起来了。回想着，玛迦说，去年约翰在这棵树下放了一个小锡兵，结果隔天发现不见了，回到公寓后，他还每天忘不了提出各种假设：被鸟儿衔走了、蛇吞了、蚂蚁搬走了、田鼠偷了、锡兵自己跑了，如果今天到学校去问他，他一定还说得出别的。记忆，在她心中，这有什么值得去记、去说的，十二岁的孩子都是这样的。

　　挥之不去的空洞，把玛迦稀释得轻盈透明，阳光照亮她的白皮肤，好像把手一放松，她就会和小锡兵一样地神秘消失。她记得好多事，由口中说出来，一段段，稍不留意，根本不知道那是前年还是昨晚的事。这就是哈拿来这里的功能，做见证、为自己的袖手旁观感到内疚，玛迦需要感到受不了和妹妹在一起，而得忍住不去明白她为什么不结婚，她需要这种不悦的情绪，来使自己显得对哈拿宽容。

那是人家的隐私，"人家"？也对，就是玛迦过去一向占用了哈拿的假期去陪她，所以她还不至于陷入亟须主动找朋友来解闷的困境。"可是哈拿是个老实人，她宁可忍耐下去，调整自己，也不会想获得要靠追求才能得到的东西。"雅各何必这样说，是他邀她来小屋的。

小屋就在眼前，一种委屈感在催促她们快点，做什么不管，快点就是了。她们明白，今早的散步到此，她们明白，雅各一个人在屋中醒来，昨天的酒害他头疼，他自己找不到药，屋子都要重新粉刷了，他还不知道药在哪儿。他的床单等一下要和衣服一起洗，他必须再画点东西，他怕吵，同时需要有人发自内心地安慰他。显然，那些学生只是要他出丑、献曝，和玛迦在课堂上所怕的那些学生一样，他们能不顽劣吗？也许这两夫妇是被赶到这小屋的，赶到他们各自内心，赶到画布前。

看到狗儿从二楼窗口探出头瞭望，玛迦不高兴："雅各又让狗进屋子了。"不理会哈拿向它挥手，它神气得像教宗一样，看她们回来了也不吠两声。这屋子的外貌随着逐渐走近而变大，哈拿想起了上次姐夫所展出的画作（反射着阳光的白色外墙令她刺眼），那种白，不是颜料，就是画布本身的白。留出来的空白，在整个构图上的比例扩大了，而且移向中心。那些色块、线条，在图框中没有出口，像是撞球一样，来回碰撞，什么事都要担心、都要逃避。情绪封在体内，倾听着喃喃自语，和怀抱着在睡梦中的孩子一样，他的小身子软得像是在演练死亡，毫不在乎父母怎么注视。出不去了，一屋子的宁静与明亮，那汇集成空虚的忽略过的琐事，处处都在逼人表态，说我是要画，这不是在画了。别怪罪能够左右得了心思的吵杂。

拿不定主意地用拇指与食指揉滚着笔杆，守在画布前，画室里没有钟。往往这样坐了一整天，都还下不了笔，等情绪一被惹毛了，他才开始凌厉地完成一幅幅画作。然而雅各心底明白，空白还在那儿，无数的空白要他去面对、去消灭、去感到无计可施。即使不是在作画时，他还是感到自己总是在涂抹着什么似的，那阴魂不散的缄默。她们回来了，就任由她们去说吧，说不该让狗进屋子。

到处涂抹，讲也没有用。凡是在画室里待上半小时，就一定会在身上沾带出一点颜料——无意间地，手指上、鞋上、肘上、膝上。然后走到哪，颜料就沾到哪，像中枪的猎物，边逃窜边败露行踪。杯子上、地毯上、桌巾上，玛迦跟踪着，几乎要迷了路。这么多人要进画室，幸好等一下他们要回去了。

桶子、盆子里，一团团衣物，混着各色的手巾和袜子，玛迦用力搓洗着，那床单上的颜料污痕，根本洗不掉。其实有的是约翰以前沾弄的，除了"以后要小心一点"

之外，她想不出来还能唠叨些什么，才不会使雅各觉得她是蓄意小题大作。她蹲得脚麻，盆框内的水面荡漾着金光。

就趁他们进入画室时，牧师夫人溜到后门，玛迦正在把碗盘放进大水桶中浸泡。她以为是妹妹。从前这个时候，夫人通常被约翰缠着，要她讲蜘蛛织网的步骤，蜜蜂的社会，她懂这些令孩子好奇的事。但是，在玛迦发现站近她的人是夫人时，她脑中突然认为，好像夫人是过来要告诉她——蜜蜂早晚会按时蜂衙、真蜘蛛目有半数不会结网——这一类的事。

画室中的议论声持续着，很远，好像从教师办公室听着学生们在对面教室喧哗，习惯了。把手擦干，走到屋檐下，后门外头是一片幽暗，狗儿俯卧树下。玛迦说，她想要在小屋多住些日子，只是雅各还有课要上。私底下，她曾想过把想法说清楚，一句接着一句，要他明白，但是她老是办不到，为了心底好过些，她又私自认为也许这不重要，她说的话离她所体会的一切是那么远、那么渺小。看着牧师夫人的侧脸，她的眼珠子依然藏着。当玛迦说了两三句，雅各就以为那便是重点，不然重点是什么？

不该说这些片面之词的，免得人家误解，又是"人家"。各自的私底下，有一股热情，急于将自己推近另一个人，她想要马上善待这个人，只因为人家此刻也站在这屋檐下（很短暂的时间在催促着），一同嗅到了厨房常有的杂陈味，这个后院该怎么运用？树下的玻璃瓶是约翰说他要的。眼睛一旦适应了暗处，身体就变得柔软了，好像各自私下在床上等着入眠，连那狗儿身后的树也在放松，每片叶子都在努力借月光发点亮，然而不同于屋子内、画室中的明亮（不够亮怎么看得出雅各的心思和功力），她们陷入朦胧之中，看着那介乎空洞与充塞间的幽暗，渗透进了她的内心，将老朽的身形像冰糖般化去，徒留下口中说出的那几句言不及义的话。

当玛迦感到脑中一片空白时，一股活力将她像一面旗子般升起，她感到"了解"的多余，事情远比她所了解的简单多了。整个夜晚也在夫人眼中，暗成一团。

不管是什么原因，反正玛迦就是不去散步。送客人到门口上车后，雅各想沿着小径走走，好漂亮的满月。为了不使玛迦自责，他就没再劝说了。

夜里在郊外闲逛可不是有趣的事，她很怕会无意间踩死那些不懂得回避人踪的蜗牛、蛞蝓或青蛙什么的。并不是可怜它们，只是觉得鞋脏了。也许是故意的，有一次晚上散完步，她发现约翰的鞋底沾了一团血肉，它模糊得无法辨识原来是什么。清早再去不是很好吗？他起不来。

关上纱门，雅各独自到篱外头抽烟去了，去想他的内心要他想的事，就在呼叫得到的距离内，他走走停停。让他去与那耐不住性子的自我为伍吧。厨房有哈拿在，暂时别理这一屋子残局，她想歇一会儿。走上楼，步伐抬得平均而缓慢，如果还有阶梯，她会再往上走下去，她想俯瞰点什么，可能公寓住惯了，野心也难管了些。

换下衣裙，玛迦看着窗外。雅各背对屋子，站在那里，不，何止那里，他站在世上的任何地方，都是这样的屈尊貌。被无数我行我素的昆虫包围，他吐着一口口白烟，那像是从深渊下冒上来的狼烟信号，约翰不会再跑上前去救他了。有那么多令这对父子感情融洽的事物存在着，那些在他画作中绘出来的空气、月光、树林，样样都在向他们的关系进贡。他不画自己的画像，但他画的每样东西都是他自己，他是静物、他是风景，充满诗意，无所不是。

　　扣上排扣，玛迦看着夜景。满月垂在雅各头上，不必尾随着别人，他走在前锋，几乎可以够到月缘。整幢小屋就在他的背影后，像灯笼般的含着幽幽颤颤的烛光，这里存放着一股女人的气息，她要将一生葬于这座墓中，在脑海中打着毛线，织成毯子，护盖着内心，窃听的耳语与未说的话，都暖烘烘的。什么声音都被解释成干扰，乖乖地面向月移的轨道站着，有如守在空白画布前，别吵，他要人家都这么以为，那在蹑手蹑足中沉淀到了瓶底的时光，把她像纸张般揉成一团，拉上窗帘，玛迦深陷漆黑。

和模仿海浪催人入眠的窗帘一样，床单拦住了一阵风，鼓胀起来，像鬼在胡闹，不是约翰在另一侧撒娇，这阵风放牧着群叶。摩擦、许多的摩擦声，将听见它的人，磨成了粉灰，被风携至所到之处。有一种天气是既出晴又飘雨。一英里外在烧干草的气味。哈拿应该快回来了。就这样，玛迦被自己的各个感官，拆得散散的。

想到妹妹是去买菜，她便觉得像树一样，这个在收衣物的自己，和那个在市场东感受一下、西感受一下的哈拿，两人是互通的。为了手上的工作，从彼与此的土地中冒出来。玛迦在这里，每个这里，一感到虚弱，就置身在这里。有多少感触要每分每秒地逮捉她？日子栖在她身上，没有动静。是一种调配功能及待选项目。连孩子也……他们就是爱她这样——除了毯子之外，一片空白。

将视线从院子移回画室，雅各不满意才刚画下的那几笔。可是偏偏放弃之后，他才又发现了其他可能性。继续将错就错下去好了。那几笔，囤积在画面四处，像乌云逼近，盖过了图像。再怎么反复琢磨都是徒劳。就在雅各感到进退不得时，外头下起雨了。

原载《联合文学》第十四卷第一期

失 措

那些分布在生活中的对话、劳动、休息和表达，
这一刻都停顿下来，
各自惊惶地寻找藏身处，
并且等候着为所欲为的暴风把情绪发泄完，
除此之外，别无所冀。

捂住、蒙起来、挡住；门、窗、棉被还有两手掌。能够阻隔得了的，都不是心所恐惧的。门内抵着餐桌，桌面上站着一张安乐椅，桌面下摆了一袋沙包。窗座的轨槽内——那虫蚁的坟场——填塞了旧毛巾，巾布饱吸了雨水，那拢闭的窗帘有什么作用？难不成风雨还会窥看屋里，然后决定要不要毁掉它，要多轻多重？

指缝间，有呼吸在穿梭。一夜的漆黑都淌尽了，天色苍白气色差，窗口的光，虚弱地被铅块般的阴影拖移，寂静掏空了内心。

拘留在坐姿中，手肘压在膝上，缓缓将脸孔从酸麻而僵硬的手掌间升起，母亲露出了两眼，鼻尖轻擦着指腹，她侧着头，靠在阶梯扶栏上，看着前方地上，她之所以看着那儿——倒地的帽架——只因为那在她的正前方。

视而不见，提着一盏黯黯淡淡的意志力，母亲从阶梯上慢慢站起身子，放眼望去，处处一片残破，她的视线怎么也躲不掉四周这些景象。像是自卑的暴露狂，它们不在乎如此碎散一地，不在乎这是狂怒或狂欢所造成的，这些废物、垃圾，全是她的。母亲不明白自己所知道的真相，是那样子吗？挡住、蒙起来，那岂不可笑？

一支铅笔从写字台上滚落，摔断了笔尖，桌巾的饰边垂摆，是风，凉风自敞开的后门吹进来，很轻，但是一波波持续不衰，它瓦解在每件家具上，然后跟着支离，披撒在地，化作尘埃。这整个屋子里的东西，都像吞进胃中的食物般稀烂。消化，那神秘的力量在母亲手中，她想趁家人回来之前（大约是中午），收拾好这一切，不知道他们都到哪去了？

台风的暴风圈大约在清晨六点钟脱离陆地，中心朝西北西方向通过北部山脉出海，预计十二点即可解除海上警报。关掉收音机，父亲伸了个懒腰，叹了口气，天都亮了他还毫无睡意。搬出钓具，他突然想去海边钓鱼。听到机车发动、驶离，儿子从不到两小时的睡眠中醒来，探头看看外面，风平浪静但一团混乱，他想离开屋子。跨上单车，是过了店铺时，他才决定要去水库那儿看看。而独自躲在衣橱里的女儿，她还不知道天亮了，台风早走了。

　　没有人知道彼此的行踪，风——拆散了这一家人。它被门窗上的破缝引诱，风涌入了屋内，盲目地流窜、搜索，画框歪了，玩具风车转动，走廊间吊挂的风铃，响了起来，没有人在听。一扇扇门，空洞地开阖着，那浴室的门受潮变形，开阖得十分吃力，苍老的声响，扩散在屋内，那微弱的啜泣声、哀嚎声，惊动了屋檐下敏感的蝙蝠，它们撒散在夜空，四处飞闯。乘着回声，风听见了自己的哀嚎，那仿佛是对岸的处境。灯光不够明亮，母亲在刮鱼鳞时，食指被鳍刺伤了。"哥哥你看，蝙蝠！"风把一扇房间重重甩上，呼！吓了她一跳，害她在为花瓶注水时，不小心洒了一些出来，水晕湿桌巾的一处。"哥哥你看，桌子尿裤子。"水，在花瓶中，被纤维吸收，玫瑰感觉到了，感到花房鼓胀，感到一瓣瓣的青春在脱落，那全都是风的骨骸。

穿过一道道门，他们各自在屋中到处移动，在脑海中潜游，顺其自然，真实地进行着他们各自的生活。是的，除此之外，他们没有更亲近的人、更熟的空间了。一把空椅子，吸引着某个人去取出，读它。空杯子，该倒入酒或茶？那五双刚晾干的袜子，哪些是女儿的？这家中有好多东西任他们使用？母亲知道有多少事可以做：去搅拌菜汤、去拿剪刀拆信、去更换厨房的灯泡，这些事一旦做完、经历过了，它们就像一颗颗珍珠一样，被她的活力一个个串起来。她穿过一道道门，像风，进进出出。把零零碎碎的体验，串成一串珠链。

逛了一圈，母亲以为屋里只有她一个人。早餐都还没吃，他们能跑多远。真现实，台风来就躲起来，夜晚就睡觉，生病就休息，而当这一切都度过时，马上冲出家门，去创造新奇的玩艺儿，昨天是马车，今天是汽车，这有什么了不起，有本事永远不要回家，永远创造下去。风雨过去了，昨天也过去了，还有，他们记忆所及的事物也彻底过去了，眼前的是——光线、扶起的帽架，以及一个新来到世上的日子。

在牛角海湾附近的公路上，老早就有许多比父亲先到的钓客把机车沿途停放。他知道石岬的蚀余海岸必定很多人，于是他找了左岬那里的一处崩岩崖，迫不及待地向潮水走去。

海浪彼此拉扯，暴躁而兴奋。无数次的推挤、争辩，造就了这片动荡不安的海。父亲看着海面，凭直觉选定了自身的立足地，这里有一大片海藻附生，应该有不少底栖类的鱼。在安装钓具的时候，他早就忘掉了昨晚的事，这就是他来这里的目的，找一个立足地、把母线穿过铅垂，取出十四号单钩、二点五号的子线，然后忘掉烦恼。

当然，如果能够丰收，他也不介意。

只有像海这么盛大的景观，才能转移得了他的思绪。使劲将钓线的另一端抛到不远前的海流中，八钱重的铅垂把饵拖入海中。他在等待。

不知该从哪里着手？从哪里着手都行。弯下腰，母亲把书柜扶起，书本撒了一地，有的摊开、有的折损泡水。熟悉的景象粉碎了，一种长久的生活习惯所造成的布置，现在全部东倒西歪，完全失去了原先所摆设的作用。这像是个荒废了十年的屋子，昆虫钻进来，然后是蛇、鼠、燕子进来，产育、死去，最后连杀人犯和劫匪都闯进来到处翻搅，可是，这只是一夜之间的毁坏，她不明白这么巨大的力量有什么用意？

凭着印象，母亲尽量按照顺序把书本塞回书柜里，一本一本地。这些书都是丈夫的，他都读过，至少给人的印象是这样。当又一批学生走进他的店里，为着下一次读书会的主题而用食指缠卷着头发苦恼着的时候，他是需要给人家这种印象。逃不掉的，他非得成为那群孩子们的指导员不可，这也是为了生意，要不是因为店就开在大学校门对面，谁会买这种书？母亲忘了手上这两本古书以前放哪里。提供场地和茶点给读书会、出借书籍也是为了生意？随便将那两本古书塞进去，她没必要记得每本书的位置。

"你帮爸爸拿一本书过来好不好，爸爸感冒了，我想看看书，免得浪费时间。"

"要拿哪一本？"

"随便，都可以。"他很好奇，不知道儿子会拿哪一本书。那个时候他还不识字，站在这样高大的书柜前，他一点主意也没有，这些书的书背对他而言并没什么两样，除了几本红色绿色之外，其余的全都是白底黑字，他不想让父亲觉得太平淡而失望，于是爬上了椅子，取出了上层的一册书，满意地跑上楼去。父亲很诧异地接过儿子手中的那本大字典。

"你为什么想要拿这本？"他笑着问。

"因为红色很好看。"他想了一下说。

"还有呢？"

"字是金色的。"他小声地回答。的确，那本书是很"好看"。现在母亲将它从一摊汤汁中拾起，丢进袋子里。就算再丢掉几本书，这面书墙的雄伟也不会稍有减损，看，它耸立在孩子们眼前，庄严而不可动摇。可是他还是觉得不够，他把部分寄卖的书搬回来，继续把书砖往上盖。看，世上有这么多知识是她不懂的，这些书联合起来威吓无知的人，她就是不去读，嘲笑就嘲笑，对！偏执狂又如何？她要肤浅地活在浮面的世界上，她要丈夫放弃同情她，她要准许女儿用那套百科全书当积木，盖一栋娃娃的家。

要是再加上那套"世界文化史"，她肯定可以为公主盖一座城堡，可是这个计画被邪恶的猫眼魔王给阻止了，为了水仙公主，她决定采取报复行动。当父亲中午去店里时，她偷偷跑到书架前，将其中一本书的其中一页撕下来，折成纸船，她不相信缺这么一页就会被发现。于是，那可有可无的一页顺流而下，水妖摆动银色的尾巴，护送着纸船历经风浪，直到筋疲力竭为止。载着她的视线，船沉了，大排水沟仍然继续淌流着，过去的时光终止，污泥将秘密掩盖。

是什么在背后追赶？单车轮胎滚动着千百根铁辐条，辐条绞亮了晨光。那凌乱的屋子被抛到后头，并且不断缩小，不管那追赶他的是什么，必定是追不上了。

沿着河堤逆行，经过纺织厂和酒厂，儿子正往水库的方向骑去。链条、踏瓣和龙头发出锈磨的声响，迎面的凉风吹冷了汗水，他一点也不彷徨，虽然路途对一个骑单车的少年而言不算近，但是对于减少留在家中的时间的心愿来说，漫长正是恩赐所在。小心地绕过残断在马路上的树枝，这就是台风所要他明白的事；他正卖力地捍卫着渺小的可能性，他要去的是一个等他成长到这么结实才能去的地方。这次他不必再故意去看信箱，使父亲从躺椅上醒来，然后找机会说："雨季快结束了，我们去水库看看好不好？"是他所惦记的那个回答在追赶他。"不行。"铁辐条织着光的网。

光线网罩着那条被扯落了一半的窗帘，母亲将它拆下来，接着，她扶起了倾倒的桌椅，并将摆饰拾起、归回原位。她要恢复这里的旧观，使那个台风夜被遗忘，当家人再度踏进来时，会记不起这里曾发生过什么事。握着尼龙扫把，她突然感到自己像是在戏院、公园或是酒馆之类的场合，扫着这世上的余烬。这些碎瓷和玻璃，根本不像曾是她花了某个周日下午所选购的杯盘，不像曾是她交了十年的朋友送的花瓶，她曾在各种花色的取舍上犹豫思索，所有细节都顾虑到了，于是她变得如此不堪一击，任何人的言行都左右得了她的情绪，她总是听见自己的心里有个声音在说：小心玻璃杯，小心、抓牢，抓牢那扎入土壤中的在这世上根深柢固的东西，相信它看起来的样子吧，抓牢它，一刻也别松手。小心，那将至的必定会到来，即使没人相信台风会来。别被此刻的宁静欺骗了，看，那逃不掉的花草树木，已经开始惊惶打颤了，没有一片绿叶不想赶快得到解脱，可是纤维系住了他们，生命法则系住了他们。逃脱终是惘然，但是在暴风雨来临之前，他们会永无休止地颤抖，他们集体的惊惶将使树干被连根拔起。听见这声音的是我，我的身体就是我，这扫着碎玻璃的手臂不是别的，这就只是我而已。

一下一下，扫帚的前缘拂过地面，它像是母亲的义肢一般，把手的力量传到了地面——这重量的最终归处。引力把整个世界牢牢吸附在地面上，无一幸免，她头顶上方的吊灯抓牢了天花板，它抵抗着引力，至死方休。

从后门扫到客厅，散落各处的碎屑渐渐汇集起来，这其中夹杂了指甲屑、毛发、线头、棉絮，还有些看不出是什么的屑末，它们汇集成一堆可观的、丰富的、什么都不是的垃圾。自某段往事身上脱落，这些碎屑落入了极隐秘的罅隙中，不是想扫扫不到，而是没发现，有的饭粒在鞋柜下的角落藏了一年，现在被连同瓷碎片一起扫出来。还有多少罅隙是她的扫帚所还没伸进去的？哪里不会被找到，她的女儿就在那里。

隐约听到母亲的脚步声慢慢离去，她知道自己没有被找到，她消失了。

不知道自己的眼睛是睁是闭，她在漆黑中，咬着衣袖，手中捏着一颗樟脑药丸。一件件垂挂在衣橱内的衣服，柔软地包夹着她，闷热中，汗水流进眼眶，她晕沉沉地呼吸着刚刚呼吸过的那口气。橱门内的镜面上布满了水雾。潺潺流水用污泥掩盖了她，暴风雨的咆哮声将她埋入地底下，饥饿、悒郁啮咬着这个发抖的女孩，她感到寂寞、感到被皮肤包裹着。

也许这只是个游戏，一群孩子们之间消磨童年的游戏。哥哥被他们捉到了，换他当鬼，他伏在榉树下，从一数到一百。妹妹拼命奔跑。本来她想躲在教堂后面的水塔下，七十、七十一、七十二，她还有时间。就在离墓园不远的紫牵牛花丛旁，有一间小工具间，她喘吁吁地躲进去，关上破旧的木板门。蹲在锈坏了的工具及油漆桶间，虽然气味很糟，但她相信这里绝对安全。在阴暗中，她听着外头的声音，什么都听见了。那是山下靶场的枪声，不规则、一窝蜂地射响，那是教会诗班练唱的声音，和谐而朦胧，还有，人的声音、风的声音、车子的声音，那一切声音与她只是一墙之隔。她无法对它们做出回应，那太遥远了。

不知道过了多久，她听见了自己的名字，先是哥哥喊的，然后是此起彼落的，她不敢回应，而且没有力气，这个空间的阴暗夺去了她的活力，她肚子痛，忍不住想排尿。渐渐地，她听不到自己的名字了。那是母亲的声音，她正向自己说：抓牢、小心，台风就要来了。那是台风的声音，它毁掉了这藏身处外头的整个世界，她不敢出去面对残局，她的茶杯也破了，脱下裤子，她蹲在墙角排尿，尿液细细地流出门缝。突然，一个人推门进来，幸好他不是当鬼的，而只是个工人。

她感到所有声音都被风声驯服，然而那股巨大的力量还是闯进来了，风驾御着那急管繁弦似的各种声音，袭向她、震撼她，把她像树一样摇颤、像海一样吹荡。

浪就这么卷起来，它鼓起勇气，声势浩大地远远前来，这一次它要使岸上的人明白，明白它是被什么样的情绪卷起来的。可是就在目标的不远前，浪，它又再次拜倒在父亲的脚下了。

注视着浮标——那个在惊涛骇浪下受难的红点，它再远也不会脱离掌控，这翻覆得了渔船的海浪，居然对小小的浮标无可奈何。父亲三番两次收线检查，看看饵还是否完好，深怕自己是提了个空钩子在白白等待。在红色的浮标上，他看到了海的弱点，他要独自把意志伸向那片骚乱中，十分直接地。可是那参与骚乱的只是他的意志，他对"孩子来讨宠的依赖性"说"不"的意志，而他本人则安然在岸上操控着自己的言行，他旁观、等待，随时准备从餐桌上的议论中抽身离开。如果不缄默地离席，难不成还要奢望他们乖乖听训？他就是要狠下心说："不行。"他们竟然想用悲伤和愤怒来胁迫父亲，这是胡闹，哪是什么挫折，不可以这么任性，他们有什么资格谈"悲伤"、"崩溃"？为了能久久站立于此，所以父亲手中持着钓竿。

海保护着鱼。他钓着鱼，海也钓着他。

妻子搞不懂他，为什么有人肯为了多钓两条鱼，把命都赔上去？"海也在用鱼钓人。"她说。当一波不小的浪扑近时，他后退了几步，水花溅湿了他，他的表达被驳回。在这里，方圆五公里之内，可能只有他一个人沉思过："文明是宗教的退化"这个问题，但是在他的书店里，五坪的范围内，起码也有七个人沉思过是否"文明是宗教的退化"。他们在几分钟内，就能够明白他所比喻的事物，可是夜夜睡在他身边的妻子，却可以至今仍误解他的暗示。这全是自找的，甚至是明知将会如此，他才觉得自己非得把手指向妻子身旁那棵栾树，使那些在眼前摇曳的绿叶摇曳她。光线落在她身上时，只筛得剩下了点状的亮斑，就是她，父亲需要的，正是这么一个会责备自己对丈夫的理解太少的人，他爱妻子会对他的暗示误解而感到亏欠不安；爱她对撒在衣襟上的亮斑会低头看看的反应；爱她老是担心孩子的感受、担心丈夫会不会被海浪卷走。

要不是他们口袋里有几个笨钱，他才懒得和那群学生鬼混，他宁可在这里钓上整个秋天的鱼。这时候，海在拖拉他，收线，他钓到了一条黄鳍鲷。得意？那只是海的九牛一毛。

快速地转动，辗过积水的湿轮胎，在部分干燥的地面上，画出了一条长长的线，时而直、时而曲，这条线绘出了儿子的野心，他再也不想静止下来，他要把这条线永远延长下去。就在离水库管理处不远的路口，他看见了军车和工兵聚在桥头，原来是一座通往山区的短桥塌了，而且对岸的山坡还崩落了土石。他看到这个景象，心中有点惶恐，他既不想逃避又不敢面对。那儿肯定有人伤亡受困了，这是台风的脚印，或许他离得开屋内的残局，但这被摧毁的、环抱着他的景象，似乎怎么也甩不掉，这围绕着他的这整个视野（无一处完好），好像逼着要他立刻明白些什么，急着要逼他为这一切下结论，他可以这样去体会吗？他非得有这种感受吗？感到事物的状态已成定局，感到无数个个体在不能抗拒的法则中流离失所。树叶，在车轮下、在河流中、在树枝上，在他眼前，这些不断坠落的光之扁舟，已经与他们的影子重叠了，各自地。

带着脑中记得的每件事，他整个人都在行进，朝那崩溃的绿湖行进，那是水库，在泄洪。他要为那无数个空等过了的日子睁大眼，去看那心所盘旋其上的景象；他要用顺从的方法，使无所不能的定局，赢得毫无成就感。

听到深沉的轰隆巨响，儿子知道了，他到了，泄洪早就开始了。许多人沿着坝顶的扶栏排开，大家看着自开启的溢洪闸所倾下的飞瀑，无话可说，如果开口也只是那几个感叹词。这声音巨大得可以盖过千百人的叫嚷和呐喊，无法遏抑的水压，几乎要冲破整个堰顶和导流墙，这怎么可能会是三天的雨水？他曾接过其中的几滴。失速、坠落，它们上一分钟在上池蓄成一面倒映着山色与天光的绿湖，而下一分钟竟然狂暴地摔毁曾荡漾在它心间的串串诗意。

水花噍晦溅洒、呼天抢地，什么都在冲击下毁去了。那不朽的宁静与秩序，瞬间化作擂响的鼓群，将一种不减的高潮凝结在至高点，它凝结在瞻仰的态度中，不给予人重新寻回昔景的妄想，它朝着记忆俯冲，在终点上把自己炸成无数的水分子，它要在迷失的状态中，麻痹那潜藏在倒影之下的苦楚。

汇集再汇集，凝聚在一起的碎片，被扫把须推到了走廊尽头。母亲跟随着未扫的碎片走，她跨出了大门，开始清理起院子。先是排水沟，还有洗衣机四周，然后是花圃、走道。换成竹扫把，她继续从台阶上扫起，叶片湿湿地黏在地上，要多费点劲才行。有些叶子是从别处吹来的，它们混杂在一起，各种形状，正面反面、卷的、破的，它们空洞、量大而令人厌烦。

蚯蚓拌着泥浆，草叶也跟着做，石砖与木板，潮湿而色泽变深、变亮。绿色在渐层中变换着浓度，它在污泥沾脏的不同程度中浮浮沉沉，色彩在演变着母亲的感受，翠绿、青绿、深绿、蓝紫、红褐、黄、翠绿，原有的质感丧失于潮湿的统一中。那落在草叶中的铁丝、垃圾，也成了自然的一部分，它们各自占有这世界的一部分，泡在水中，奄奄一息。

扫着扫着，她扫到了一颗羽毛球，这是儿子从前不小心打到树上的那颗羽毛球，在放弃之前，他拼命地想用棍子和石块，将它从卡住的枝叶间击落，后来一块石子不慎落在自己头上，妹妹笑他，结果他索性把球拍一丢，不玩了。直到昨晚，台风将球取下，可惜他老早就不打羽毛球了。

"你看，他们在练习打羽毛球。"

"那哪是，那根本是一个练习捡球，一个练习道歉。"父亲回答妻子说。

"没办法，风大。"捡起这颗顽固而敏感的球，她明白，"没办法，风大。"丈夫搂着她的腰，沉默不语，应该说暂停交谈了，刚刚那些话才一说完，它们就完全被宁静吸收掉了，哦，沉默是多么地浩瀚啊！这个经常说"没办法，人类自古就有娼妓"这句话的人终于缄口了，他看着孩子打球，搂着妻子。

可是她总觉得，这搂着她的人，是那些经常挂在他嘴边的哲学家和史学家，是那些伟人（连女儿都认识）在借着丈夫的手搂着她，或者说，搂着她的这一群人之中，没有一个是她的丈夫。她在沉默之中，内心却充满语言与文字，她忙着处理它们的运作，处理这不容违抗的温柔接触。她把这个破烂的羽毛球丢掉。

像是在帮地面搔痒，母亲被自己规律的扫地动作与挪步催眠，树叶不甘愿再被改换腐烂的地点了，风灾并未在台风离开后立即结束，她腰酸背痛了，可是却还没清扫完。服从着再正确也不过的常理，她驱赶着落叶与垃圾。在靠近围墙那儿，她扫到了一只夭折的幼犬，身子只和老鼠差不多大，这可能是常到老校长家乞食的那只野狗生的吧，这么幼小，不知道是生下来之后还是之前死的？一个不会造成损失的死亡，它倒是也不必去为存活再奋斗什么了，一个样样器官都不缺的躯体，可惜完全派不上用场。有的狗天天在家门口，强而有力地吠叫，嚼着儿子端出去的一盘剩骨剩饭。它活着，在一个野狗的躯体内，样样器官都不闲着。

手在扫把上，她依赖着这个不变的动作，固执而怯懦，她很怕把幼犬的尸体像其他垃圾般拨动，拨进袋子里。如果不忙着打扫，她此刻还能做什么？

　　扫把像船桨般的摆动，她是船，桨对去向所能做的影响及改变，恐怕只是在极有限的范围内，她已经被生命之弓发射出去，并且充分地和这世界摩擦，短暂而深刻。花圃前，她扫到了一个空酒瓶，为什么破碎掉的不是这个没有用的瓶子？它完好如初有什么用？反正没人要。发梢轻轻地触拍着两颊，摆晃着她引以为傲的负担，日复一日。她在她的手所在的地方，手在门把上、手在刀柄上、手在他肩上、手在伞上、窗上、在扫把上，抓牢，她衷心相信手所能抓牢的每样东西。扫不完的落叶，给了她摆动双手的机会，不能静止下来，将手插入口袋伫立在一个用不到手的地方，她不能。

　　扫到路口分歧处，母亲暂停了下来。她两手撑着腰，把身子拉挺了起来，深呼吸一口气，她回头看了一眼自己所扫过来的一路，还有那间灰暗的屋子，它四周的植物、植物里的昆虫，它们都在打屋子的主意，还有透入玻璃窗的光，她知道，这世界正用一道道光线、一波波微风接近她，触碰她。先是吹进屋内，然后无力地穿出纱网，如逝者的魂魄般散尽，那拂面而来的，正是欲涌向她的一阵心悸。

这世界找到她了。她的那一眼从天际落下，回到地面上，于是她再次拿起竹扫把，准备往那处积水的洼地走去，去把那摊水扫散。

越来越高、越来越近。非常轻薄、红白相间，一只塑胶袋被风卷入半空中，然后缓缓降落在路面，并且随着旋风兜了两个小圈子。

虽然是视线在跟着它，但是那天母亲却觉得好像是自己的视线操纵了它，那时候，一辆送瓦斯的机车驶过，立刻切断了她与那只袋子的关系。早在发布台风警报前一个钟头，她就打过电话给丈夫，叫他提早把店关上，赶快回来检修一下屋顶。那只塑胶袋又被风如鹰一般猎捕，拉上了半空。她无法抵达视线所想跟去的那个点上，她被自己的视线抛在后头。

听妻子的语气，好像台风的动态是由她掌控的，而且她希望会风强雨大似的。好不容易有个能向丈夫提出警告的机会，她岂能草率浪费，她早上就去买了肉酱罐头和蜡烛，准备慎重其事一番。就因此，他更不能让妻子感到这般夸大是可以使任何目的奏效的手段。该什么时候回家，他自己会判断，难道在挂掉电话时感到自己白费唇舌、委屈不堪不是她真正希望的吗？要是他乖乖听话，不是反而使妻子觉得自己太独裁？

两个听从母亲规劝的孩子，在屋中无所事事地闲坐，渐渐来临的风雨使他们心烦意乱。

"等一下我们来烤馅饼吃，好不好，冰箱里还有一些草莓酱。"母亲说。餐厅灯点亮，她将一束修短的玫瑰插入花瓶中，儿子的眼睛从书本后面露出来，妹妹走近餐桌，手扶着椅背。这束鲜花代表母亲占领了此一空间，他们凝视着花萼所托起的红花冠，凝视着暗藏花蕊的那个小黑穴。哥哥的眼睛躲回书本背后，而她，她陷入了花瓣排列状的漩涡里，卷进溢不出来的清芬中。

当花在瓶中竖起来时，母亲便有权去斗争那放置在花瓶附近的东西，这些零乱瞬间有了罪名。那药盒、名片、信件、刨笔刀，怎么可以堆放这里，这就是他们的父亲。不知道有什么东西能侵入这束玫瑰的四周，与之匹配？没有，她只愿孑然于餐桌中央，盛开、枯萎。

父亲进门时，一阵强风尾随而入，吹跑了儿子的数学作业纸。脱下一身湿衣服，他拿毛巾把头擦干，打了个喷嚏。女儿听见了，她连忙下楼帮母亲盛饭。终于，晚餐可以开始了。

"街上已经淹水了，不知道明天那里会变成什么样子？"

"树有没有倒？"

"还没，不过有几个招牌已经摇摇欲坠了，还有停在路边的机车，也倒了几辆。"

"听说明天不必上班上课。"

"你的拇指怎么了？"

"刮鱼鳞的时候刺到了背鳍。"

"莴苣、包心菜，都是蔬菜。"

"我知道，因为明天起会暂时停止买蔬菜，台风来了，没办法。"

"对，蔬菜一定涨价，而且是泡水菜。"

"我们可以天天吃肉了，真好。"

"还有洋芋和笋子。"

"我不要，我宁可只吃火腿和蛋。"

"不然排骨炖莲藕、菱角也不错。"

"如果腊肠和培根不可以吃太多，那我最后只好吃面和麦片粥了。"

"放心，那时候菜价一定已经恢复了。"

"来，这半盘都是你的。"

"我刚才吃很多了。"

"你只有挑小虾米吃而已，我在注意。"

"汤很烫，小心一点。"

"他们自己晓得，不然烫一下，一辈子就不会忘记了。"

"我听说山上的木材工厂出了人命。"

"吃饭别提那种事，每次都这样。"

"谁叫我们只有吃饭时才会全部到齐。"

"你看，我们必须在逃避现实的情况下，才能吃得下不得不吃的一餐饭。"

"有一次我目睹了一场车祸，结果连续三天吃不下、睡不着。如果我们一周要看一次车祸，那我们可能是饿死，而非悲伤死。"

"你们听，风雨愈来愈强了，还会再强下去吗？我看树和电线杆可能不保了。"

"这是大自然对我们这个世界的考验，它考验我们所依赖的物质，考验我们的信仰。"

"我相信如果我们家被台风毁了，我是说万一，我相信救难人员会来救我们的。"

"放心，这屋子禁得起一个台风夜的。"

"不知道屋顶会不会有问题?"

"有问题的话,它会举手的。"

"举手! 哈哈哈!"

"嘴里有东西不可以这样大笑。"

"你的红萝卜丝怎么都不吃?"

"我是故意留到最后才要吃的。"

"又是一阵风声,好强。"

"那种声音好可怕。"

对话着,他们彼此,还有暴风雨彼此。她看着喉头缩动、吞咽,看着油亮的菜叶及直冒的热气,她觉得这不受影响的晚餐,似乎顺利得嚣张。因为红萝卜既便宜又营养,他们几乎天天吃,这一餐也不例外,他们镇静得近乎藐视窗外正在进行的浩劫,黑暗中,宁静遭到推挤、屠宰。狗不吠了、车不横行了,这一夜,人必须有地方躲藏。她拿餐纸擦掉一滴碗背上的汤汁。他们谈到了气象学的问题。暗红色的漩涡,正缠着花蕊之穴打转。

风——这透明的海浪，一波波地拍打着屋子，雨滴扫射着窗与屋顶，土石崩落，创击地壳，轻微的震动传到了头皮顶。黑暗在惊惶中繁殖开来，夕阳早已溺毙于云霞，那埋伏在桌巾下、书柜下、电插座里、水龙头出口与排水孔内的黑暗，全都开始匍匐而出，它们振翼、低吠，互相并吞、张牙舞爪。路灯下，树丛像鼓动着绿羽翅的笼中野雀，它在冲撞至死前，会落尽绿叶。一股狂暴的力量正在发泄，它跺步、吼叫，如兽群出笼，它奔逃，在山脊上、在海面上、在树皮上，它要透支掉自己，与所爱的对象同归于尽——那冷漠的四季、那无数的星星也填不满的夜空。它承受不了自己的无所不知与无所不能，它厌倦于证明自己的本领，它麻木得必须如此折磨才会稍有感觉。那力量的源头何在？断裂声、倾倒声、破碎声，所有东西都在为毁灭的理念殉道。窗子在风的哗叫声中颤抖，形体在漆黑中消失。

在、漆黑中、消失。

衣橱外头无处不是这世界；这世界无处不是风的内

在。女儿捂住耳朵，躲进衣橱里，可是她还是听得到所有声音，打靶、诗班练唱、她的名字、排尿、工人的嗓音、父母在说话。

"我知道台风会来。"

"所以你送那些学生回去？"

"对，这样你不高兴什么？"

"没有。"

"你为什么不敢不高兴？"

雨水零乱地喷进了那破掉的窗，风用湿冷与漆黑涂抹着肌肤，风鱼贯而入，粗暴地摩擦着这脆弱的摆饰及家具，她听不出那重重摔砸下去的是什么东西？那破碎的是什么东西？她无能为力，风进屋子了，房门震响，她感到自己被那强行闯入的力量肆虐，这是考验吗？她不要被发现，她不要在半空中被撕扯，她不要穿着一身美丽的纯白。

那些分布在生活中的对话、劳动、休息和表达，这一刻都停顿下来，各自惊惶地寻找藏身处，并且等候着为所欲为的暴风把情绪发泄完，除此之外，别无所冀。这一刻，活着的小生命平贴地面，动弹不得；而没有生命的水桶、脸盆则和死尸一同舞动。风——这无所事事的主宰，把这一刻紧握在手中，不做什么，只是紧握这掌中天地。它也在等待自己度过高潮。

烛火——发光的花苞，照亮了儿子的手指头，他坐在墙角，烧烤着从地面捡起的一根根毛发。火焰惊惶地想要逃离烛蕊，它感到风、感到自己既敏感又渺小。他想安慰妹妹，但是他讨厌自己想要那样仁慈，他也想发泄这一点微不足道的什么，他讨厌那个渴望仁慈的自己，最好是台风不要离去，一切不要复原，真是没志气。这算什么？那必定到来的复原，和必定到来的风雨一样野蛮，他能做的只是把烛火重新点燃，守着这朵悬浮在蜡油上的光芒。那习以为常的景象都到哪去了？每一刻都被下一刻超越着，那不止息的动荡，它可知足下踏的是什么？当父亲独自坐在信箱前的躺椅上，把手掌垂在蟋蟀出没的草丛间，云团航行在眼前，并抛沉了光之锚，他能摆脱这化成思维而将他缠绕的这世界吗？不，那伴着狂风所一同袭来的，正是他们心系着的顾虑。烛光没入蜡油中，熄灭，但光芒还残留在视觉上，虚幻而挥之不去。

水珠子在半空中，互相追击，它们破成了更小的水珠子，无数的细水珠，轻盈得下坠不了，一阵风扬起这片水雾，水雾缓缓上升，沁湿了水库的水泥堤坝，也沁湿了他的毛细孔、发丝。他并没有觉得在凝视瀑布时被拖下去，相反的，过久的凝视反而使他有向上飘升的错觉，错觉引领着他与水雾一同上升，他愈来愈不确定这洪水是残暴还是温柔的，那相反的两种感受，同时在他心中共存着。睫毛上的水雾凝成露珠，他感到肺部湿冷，下唇寒颤。这时候，阳光逆穿风势，把弥漫在上空的水雾染出了一道虹彩，他看见了虹彩在朦胧中静止不动，他看到了衬着虹彩的整片天空。那就是风的背影。

为了避免头晕而失去平衡，父亲也把视线转移到天空的云层上。海面所荡漾的反光，一波波地扰乱着一心想抗拒它的人，他无法不断地注视着浮标，无法在注视着浮标时，不连那迷离的潮浪一同注视。即使只是想钓得一只鱼，整片海也会跟着拖扯他所抛下的鱼饵。一种从头到脚的晕眩，使他觉得自己像踩在海绵上，幸好，天空救了他，他的视线牢牢抓住了浮云，抓住了整面白色的天幕。在这海陆之间的界线上，他不进不退，他站立，而且平衡。

这片天空，薄薄地倒映在路面的一摊积水上。

是由门缝所透入的一丝亮光，使她重新在漆黑中回到自己身上。意识如平息的积水般澄清起来，她感到自己从各方汇合起来了，她的怀疑、她的呼吸、她那罩在白色连身裙下的躯体，样样都被那一丝亮光召唤回来了。也许，台风过了，这又是个明亮的白天。她虚弱地推开橱门，瞬间，刺眼的光、冰凉的空气，涌向她，她出生了，发麻发软的身躯跌落地面，她感到非常饥饿。

慢慢地扶着床柱站起来，那些跋涉过她的内心的各种声音，滚回到起点，她没听到屋中有任何声音，没人在吗？睁开眼睛，熟悉的景象将她与新的一天隔离，她碰触不到这退至天际的苍白，与隐入皱褶中的阴暗。窗帘飘摆，她伸手向前走去，把身体的重量靠在窗缘，斜着头，轻倚窗棂，她看她能看见什么。

手中的扫把，释放了母亲体内的一股活力，这活力存在于所有盲目的事物中——那来回于树枝间的雀鸟、那再怎么使劲也拥不住她的风。这股活力，左右着扫把，左右着她的去向。

女儿看见了她正走向那摊路面上的积水，她扫把一挥，那片天空的倒影，便随之破碎。

原载《联合文学》第十四卷第三期

私守

有的时候，
她会觉得那只是另一种形态的熟睡，
而这个在床屉，走来走去的自己，
正是在他的梦境中。
他所在的地方，只是个活人去不了的偏僻地方，
他们如此各处两界。

风景开始没入夜色，可以开灯了。霎时，玻璃窗面显现映像，因此，玛莉看见了自己。塌塌的发型，一点精神也没有；然而这副模样并未使她不安，反倒是当她认为这可以接受时，这才开始感到不安。

灯罩把灯泡像点燃的火柴般兜在手掌心，玛莉提醒自己，下次出门记得要买个瓦数更亮的灯泡。真不知道哥哥从前是怎么在这里阅读着的？而自己又怎么能在这种昏暗中看护他？也许，打从心底玛莉就不期待屋里明亮到老是能把处处看得一清二楚。在这照明范围内活动，玛莉觉得很软弱。那一盏盏整齐地镶在马路两旁的路灯，顶多只能把地面照成一圈圈朦胧的孤岛，没办法，夜晚它就是那么暗。

进食完毕，玛莉端来了一盆冷水，帮哥哥擦洗身子，这条毛巾是新买的，虽然使用的人是自己，但她还是选择了哥哥会喜欢的花色。玛莉害怕自己对这样的照料感到日渐习惯，但是又不愿自己为此丧失耐性。将他翻过身去，熟练的动作使得心情变得沉重。不管医师说得再怎么浅显，玛莉似乎还是有某个部分听不明白。"没有意识就是没有知觉，连感觉也没有，零，空无，只有一个肉体。"玛莉也许并不愿去被说服相信一个绝对的真相，突然之间，她觉得自己对一些名词不懂，活的肉体、脑、生命、存在、意识？那指的是什么？难道他和躺在土壤里的人相同？嗅着皮肤在擦湿后所散发的体味，她觉得哥哥是搁浅在生死之间某处没有坐标的地方，她不知该为这种暧昧的状态怀着何种情绪，甚至不知彼此该不该从这里解脱出去？把水倒掉，她看着水乖乖地流入排水孔，空脸盆拿在手上，又完成了一个轻松的动作，她又向思想移近了一小格。

　　自从两个月前把那个既不细心又会偷窃的看护赶走，玛莉就决心辞去工作，开始亲自照顾哥哥，她写了封信给在海外的父亲说明情况，并请他能多汇寄一些钱回来。那是玛莉的思想，在坚持中。可是，当自己愈帮助一个植物人活命，自己就愈不知道在想什么，她能说我想去做什么吗？自己想要什么并没用，去猜想彼得可能需要什么，那才是她需要的。

　　猜想终究只猜想，光是凭着这张脸孔，她还是不能确定这个肉体是要吃、翻身，或者排泄，没有线索，即使她身为妹妹。揣摩不出父亲在回信中那种轻松不起来又内疚不下去的情绪，玛莉索性回避了过多的沟通，当然该有的应对她也没马虎。她自始对该做的描述就感到困惑，要是父亲能再少关心一点，那也算是体谅了。

　　再怎么微弱这盏灯还是亮着。房中的每件东西都凝固在失去主人的那一刻，那就是一整个夜晚所要强迫玛莉去依赖的东西，她要把主人的生命继续下去。坐在哥哥的床边，她像是在看着自己身上一个麻木不了的部分，他呼吸着、老化着，这躯体像黑洞一样，把彼得一生所经验过的事物吸进去，把玛莉今后的付出也一并吸入，默默地，怎么也吸不饱。她望着他那半开的口和眼瞳，满心无助地，仿佛深渊底下那个没有救了的小生命，才是她自己。好久以来她就总是这么望着彼得，望着日子不知不觉地踩过这个被死亡预定了的生命，死亡将他像艺术品般的雕琢着，缓慢得好像作品在抵抗着雕琢，生死的两股力量在他身上抵销成静止的状态，白费了，看这么一眼，夏天便从游泳池的排水孔泄走了。其实只是一下子，但是每当看着他，那些曾经看着他的片刻便会超越时间，连结起来，所以才一下子她就觉得，好久。

在那"好久"的彼端，同样是个入秋的季节，十岁的玛莉正和气温怄气似的，偏偏不肯穿上书包里的毛衣，她就不信这突然袭来的寒流会冷到哪去，每次她穿上毛衣，保证十分钟内就会出大太阳。放学时，校门大开，有的孩子走向各自的父母亲，有的排成队伍行进。提着水壶，玛莉被分配和另一个住在同一条街的孩子结伴而归，她不喜欢这个有口臭的胖女孩，不喜欢她斜眼看人，只因为奉命要结伴，她才勉强跟在后头走。看着她的后脚跟，玛莉试着去接纳这位同伴，她甚至需要这个同伴，如果她们各自落单，那谁被坏人捉走了，都不是一个有没有口臭的孩子所该遭受的。于是玛莉开始慢慢地，与她并肩而行，有的时候她们四处张望，有时候交谈，一直到回家才分开。

这段回家的路途使她们有了共同的体验，一种不安的感受使她们牵起手来。一辆改装了引擎的机车由后方急速驶近，明知车子终会带着那尖锐的引擎声安然通过，但是她们还是不禁回头目送它。接着是运载沙石的卡车、采买回营的军车，一样疾驶而过，那速度足以将玛莉撞死十次。施工的路面扬着沙尘和沥青的气味，大楼表面的鹰架中卡着赤裸上身的工人，几个吃着带有色素的零食的男同学，踢打着一对正在交配的野狗。零食的果核依然塞在电线杆上，野狗的皮肤依然在溃烂。她们看见了这一切，掩住口鼻，玛莉在思想，她仔细观察这看起来十分正常的途中景象，她每天猜测自己所觑看的人，让最可能是坏人？这迎面而来、擦身而过的，皆是不折不扣的真实现象吗？

她牵着同伴的手，不管同伴是谁。

没有比独处更危险的状态了，即使在家中，她听说过坏人潜入民宅的事。可是哥哥关在房间里念书，现在她该找谁做伴？幸好每星期二和星期五，玛莉都得去上单簧管课，所以彼得自然会主动带她去，陪她直到下课一同回家，至于一周其他几天，她干脆准备了巧克力球，请那位胖同学来陪她写作业、来学刷牙。

对于父亲的叮咛，彼得没有异议，带着书本，他趁着玛莉上课时，准备着班上的测验。坐在家长休息室内，他清楚地听见吹响的竖笛声，以及楼下小提琴班的齐奏乐声，这些纷乱的音响使他更加想要专心于书本上，但是这几乎不可能，既然如此，那只好把这个钟头尽情挥霍掉好了。放下书本，彼得走进教室后方，观看着上课的情况。先是老师示范吹奏一段，然后五个学生一一重复，每个人熟练的程度都不一样，而表现得最好的是玛莉，一个个按键不规则地开合着，她呼出的一口气竟变成旋律，然后是音乐，那正是他的妹妹，在音乐之中，简短地鸣发着自己的才能，她要这样做，要学会这一段曲调，如此简短而已。彼得的记忆将他敛入内心，在某个缝隙中，他一如往常地存活着。他在等候那个小时结束。

来回的路上，玛莉放心地提着乐器盒，走在他前方，假装自己是单独一个走在街上，当穿越马路时，彼得才会走上前来。红灯将他们拦在十字路口，车队从面前横行而过，机车使得那群男孩感到自己无所不能，那不是错觉，他们甚至受不了下了车的自己。一波波的车潮，不间断地流动在速度感中，等候，他们的绿灯还没亮。永远有新的一批男孩在机车上降临，不管何日玛莉要穿过马路。

平日中，没有一刻他们这样在一起，彼得总有念不完的书，要是难得能有空，那一定是去跑步或打篮球了，几乎没有什么事是他们需要一起进行的，就连吃饭彼得似乎也没有配合的兴致，他活在身体之外，他心在别处，想着测验试题，想着将来的种种，发型、衣服、异性朋友、买车、服兵役，这个吃着汤面的彼得，一言不发，或者语气轻淡，使得一旁的妹妹，只能靠回想从前的某些对话来填补此刻的沉默。她回想对话的内容、声调，看着他喝完碗中的汤，好像彼得也存活在她体内，她心中的自言自语，已经和彼得曾说过的那几句话混在一起，分不清了。

绿灯亮起，他手搭在玛莉的肩上，两人快步通过斑马线。

隔年春天，玛莉经由介绍，开始接受一位单簧管乐手的个别指导，这位女士住在离他们家不远的山坡上，彼得可以在送妹妹上课后回家，等下课前十分钟再去接她。这是个跑步运动身子的机会，每次时间一到，彼得就打起精神出门，他通常都会提早五分钟到。这位老师是位乐团首席乐手，她和丈夫住在一幢两层楼的老式平房中，这间屋子常出现在玛莉的话中，她说里面布置得好漂亮，虽然起先看到的，只是不起眼的外观。隔着种着波斯菊和萱草的前院，彼得在围栏外头徘徊，透过铁栏杆看过去，他觉得整间屋子就像是一张古怪的大脸，它无动于衷的表情使彼得觉得自己来意不明。屋内的灯光和声音，动摇着他的好奇心，可是他不敢进去，直到无意间下起了骤雨。走上直通大门的步道，他站在屋檐下避雨，正好，玛莉想看看外头雨有多大，结果门一开就看到了哥哥。进入客厅等候雨停，彼得不自在地望着窗外，并无心见识屋中所谓浪漫的布置。另一个学生的课紧接着开始，老师眼见雨势不小，而他又急着回去，于是借了他们一把伞。

之前在回家的路途上若她不肯跑步，彼得会来回于她身旁跑步，绕着她，或是超越她然后再跑回来。这山坡路上只有他们两个。有时候为了故意和哥哥做对，玛莉会学新娘走路似的，一步分两次走，他们笑着。

一堆工地前的黑沙旁，孩子们所做成的一尊尊沙塑像，被雨水淋溶了，实在辨识不出这是人像、动物，还是人鱼，像是看着一个曾经有过生命的躯体，那些沙失去了形象，逐渐平铺于地面。走在雨中，他们小心地避开水洼，彼此依靠，乐器盒抱在胸前，彼得持着伞，雨水顺着伞的筋骨由末端流下，转动伞面，雨滴斜射着，那伞上的花色图案也在旋转，那一盏盏路灯照得粉红色的伞叶忽亮忽暗。他们在到家之前，如此承受着一场雨。两双湿透的鞋子，在他们回到各自的房间后，依然并排在电暖炉前。

一丝细微的振动声靠近，忽东忽西捉摸不定，什么时候飞进了一只苍蝇？它停在杯缘，然后突然落在彼得的脚趾头上，它逗留了好一下子，好像要确定一下，这个人是否死了，犹豫了一会儿，它又跳到另一只脚背上求证一番，嗅着毛细孔中的气息，这只苍蝇像死神调派来侦察情况的爪牙，对所有机会一点也不放过。当玛莉看见了这只正在预测的苍蝇，她立刻伸手挥赶它。

坐在床旁边的椅子上，玛莉试着读几页书，回避这一屋子的枯燥所给予她的窘迫。但是她办不到，她分心于思想。"亏人家信任，现在的肉贩真不诚实，只要客人不监视磅秤，他们就敢多算几块钱。想想看，如果每个顾客都被多赚五块钱，那一个早上就贪得五百元了。也许成功几次后，他们会得寸进尺，万一不幸被逮住时，他们可以撒谎表示看错了，人家难道会降下格调和他们理论计较？就算损失一小群客人也没关系，愿意上当的大有人在。还有那些驶经菜市场的公车司机也是被纵容惯了，可是，如果他们有教养，那还会沦落去当公车司机吗？过那种日子，谁会有好脸色？"玛莉望着书中一行行字，沉思着。她分心到文字之外，分心到四周的寂静中，桌上的灰尘、床单的皱褶、镜片上的指纹、剪刀的反光、卷曲的电线，好像自从彼得变成植物人，他就潜游在所有静止的物体上，那些没有生命的东西是那么地多，它们各以古怪的脸孔困惑着所包围住的那个人，它们承受了那个人那雨一般的意志。衣夹夹住了衬衫、窗帘阻隔了光线。那是彼得。

　　玛莉无法相信的是 ——当自己在哥哥的身边，竟然还会感到自己是孤单的。

玛莉气愤自己所惧怕的对象，她并不乐于静极思动，要是能不必和那遍布于沿途的人打交道，那就更好了。似乎她所曾经历的事，所接触的人，都是老早就在等着她某一刻去自投罗网。喜悦于老师的赞美真是够蠢的了，她不想使老师自以为很会鼓励人、安慰人。就在十四岁的时候，玛莉不再学单簧管了，她讨厌起了自己的处境，为什么她会使大家担心她的安危？为什么她是该注意自己的安危的那种人？她受够了哥哥那样唯唯诺诺地到处接送她，今后她不想再惧怕单独下课回家了，要和谁结伴同行，那是她的自由。

　　为了避免不当的刺激，彼得便不和她继续协议下去了。不过知道妹妹和固定几个同学很要好，天天形影不离之后，他便打消了请别的邻近同学暗中跟玛莉去图书馆的念头。图书馆的自习室在晚上九点半关闭，搭乘十二号公车，大约十点十分左右就可以到家了，于是每天这个时段，彼得都会故意换上短裤，到下车站与家之间的巷道跑步，有时候顺便买一点消夜，如果正巧远远地看见玛莉，他便会回避掉，若是碰个正着，他也不会稍作停留。可是有一回，他发现送玛莉回家的是个男同学，当时他虽然有走避，但是他没有离开。站在转角，彼得偷看着那两人，道别、回头、挥手，而隔了几分钟之后，他才缓缓进入家门，至于原本要去洗衣店领衣服的事，则根本忘了。

在十七岁的时候，玛莉失去了一个同学，那次打击使她十分沮丧，连谈论的欲望都没有。看在眼中的彼得，一心想要让她不失自尊心地得到安慰，可惜苦无机会。坐在房间，这里一片安静，但彼得依然无法专心于书本。晚餐过后，他走到窗前，看着街景。那辆车等到了停车位，那抵达对街的老妇人，已尽所能地逃过了又一次的险境，安然存活的人，他们将继续行走，走在照明四周的灯光下，他们要伴随自己所信赖的人，去与层层阻力对撞，总有办法可以解决的。又有一辆车在找停车位。一种依赖感在刻意的摆脱中传染开来，循循蕴生着。几个夜校生相伴走入窄巷，飞蛾猛缠着路灯，机车从另一方窜出，垃圾堆放在电线杆下，这景象，一天天地层层叠入彼得的感受中，一点余地也没有。玛莉应该要到家了。

看见雨水斜斜地织在路灯前，彼得立刻带了两把伞出门，准备去车站接她。已经没有人在那里候车了，下车的人匆匆离去，彼得希望自己没有错过她。由远而近，一辆未驶离，另一辆就迅速地准备停靠，车灯刺眼地逼近。那大大小小的车灯，以及对面大楼住家的电灯，充满在夜空底下，那深渊倒置在上空，但已毫无威胁。一格格窗口忽明忽灭，那不再像是什么了，它左右不了任何正在等候着的人。方向灯与刹车灯不停闪烁，雨水被雨刷挥推，双方在玻璃上前仆后继地一来一往，他纳闷，究竟自己明白的是些什么东西？他哪来的信心任玛莉独来独往？他怎么能没有信仰而安然活着？

当这班十二号公车停靠过来，车辆把积水压溅到他的裤管上，后退了一步，彼得低下头看看那一点污痕。车门一开，他抬起头一看，终于等到了。持着伞走过去，他满心喜悦地看着玛莉，她真是美好得像是个从梦境中逃跑出来的女孩，这怎么教人不担心。打开自己的伞，玛莉露出难得的笑容，他们一同买了热食回来，一路上玛莉诉说了那同学的不幸遭遇，并且引用了一些统计数据来和哥哥讨论，她说如果每天有多少人遇害，那十年之后不是满街都是曾遭伤害的人，假设有些人遇过两次，那还是很多人，她们如今还活着，看起来是什么样子？想象着自己的描述，她克制住了情绪，在把碗盘泡入水槽的时候，他们默默地放过了对方话语中的矛盾处。

只有最灵巧的手才能那么快地把一只折叠式的雨伞收折成整齐的小棒。在观看这动作的人的感受中，在那某个窄缝里，尚有个生命存活着，但是他太渺小了，以至于大家认为他死掉了；包括他自己。他只是自己的一小部分。当玛莉帮他把伞收好，装入伞套，交还，他感到与其说是得到了情谊，不如说是他们共用着两个自己，因为她也是在表现之中快乐起来的。既然不敢擅自出门，那哥哥的反应便是她的全部世界。

他说："我也这么认为。"那就够了。他又说："那些青年非把机车油门加到底吗？万一不小心撞到了一个老妇人，那谁来煮饭让他们吃饱，好有那体力去把机车油门加到底？"没错，她能了解意思。可是，如今彼得只是一具标本，他所说的话也因此变得虚幻了。

医生说得没错，事实就是那么简单，简单到令人以为那是故布疑阵，她需要知道这对自己有什么意义吗？彼得的身躯框在轮廓中，它只是个纪念品，这是唯一仅存的关于彼得的东西，她不要连这都失去。对，没有意识又如何。

走到屏风后头更换了一件上衣，这是晚上九点钟，玛莉想去买收音机的电池，还有电灯泡。从屏风后头看出去，外边只是躺在床上的彼得，不过她还是习惯在这片影子中换衣服。有的时候，她会觉得那只是另一种形态的熟睡，而这个在床尾走来走去的自己，正是在他的梦境中。他所在的地方，只是个活人去不了的偏僻地方，他们如此各处两界。每当夜里玛莉也上床睡觉，两人便叠合为一，任谁也分不出两者有何不同。而且她经常梦见哥哥，梦见自己在为他将一页书读完，替他去公园跑步，梦见他心中的自言自语。

拿着钱包，玛莉出门，步下阶梯。

那说话声不到醒来绝不中断。那低沉的嗓音直说着"我"，他们的所有思念都在那个"我"当中。我在床上，我并不知道妹妹就在身边，我没有触碰到任何东西，那罩着我全身的光亮，轻飘飘地释放了所有重量，她触碰不到我。

穿过巷子，避开了野狗撒落在路上的粪便，家家户户的电视声音传出来。

我蒙上了无尽尘埃，怯懦地缩进躯壳中。我的一生全在这看见她下车的那一瞬间。在一块脚踏垫上，那粗糙的摩擦不断重复，而脚已经如此接近它了，但终还是没有经验到。留在原地，那一列列人影从旁错开，站牌伫立着，各种映像在车窗上流过，车厢内全是女人，她们共处在流动的房间内，其中一个女孩在那里坐着、思考着，从小到大，她的全身都感到了所有乘客都有的颠簸与震动，书上的字不断跳闪。我无法顺利读至句末。思考着、分心着，走在桥上，俯瞰桥下的排水沟，紫色的发夹牢牢咬住发丝，那个人是我，我看见了一波波推皱了映像的涟漪，我看见了三只幼犬在吸吮乳汁，我看见自己喜悦地在枝头上摆荡。我在等待她的时候，观看着沿途的景象，楼房一幢幢地刺入天空，握着栏杆，我仰头向着那罩着我全身的光亮，它释放了所有重量，我轻飘飘地凌驾在平面之上，听着玛莉说出她得知的细节，三言两语而已，听着她说：我也远远地就看到你了。还有谁不曾听说某个人竟那样死去的消息？低头走在人行道上，重复的路砖消磨着我的视觉。

买好了东西，她回头走着来时的路。

是啜泣声，每一夜都能隐约听见，我从躯壳中探出头来，外头发生了什么事？她说怎么会发生那种事，她不想觉得好过一些。车群从街上消退，喧哗声暂停下来。我们在悲伤中拥抱，我们在拥抱中悲伤。

九点三十分、三十一分，一天、两天，玛莉还没回来。床头的茶杯内，一滴水也没有了，碗盘在桌台上接灰尘，百合花枯萎，衣架上的衬衫还没收，剩菜在冰箱中腐败，保温壶里的开水冷却。一群蚂蚁找到了餐桌上的果酱，苍蝇再度出现。需要照顾的他，没有得到照顾；需要保护的她，没有得到保护，分离、结合，他们必须在一起的。

呼吸渐渐地微弱下去，那缓慢的节奏不带有任何动力，像是孩子傍晚所弃下的秋千，愈荡愈窄，没有痛苦，直到完全静止下来。

原载《联合文学》第十四卷第四期

归 宁

哪天不都是以回家收场，
安妮不了解这个终站的意义。
比较起来，
外头的事物是那样浮华而生动，
那教人怎能不当真。

一个个候车的旅客自座位上起立，这辆车是他们的。身上的围巾和大衣飘摆，他们不相信阳光能在冬天眷顾得了他们。各种身形都有合身的衣服可穿，各种款式和色调都有人在穿。站立起来，他们是由他们对现实抱持的态度所支撑起来的一座座帐篷，依照情况，随时准备迁徙。

　　没几只手空着，行李使他们看起来既笨重又固执，大家都一样。出发。候车亭内的人们，再次被连根拔起，它又空荡荡的了。车子是卑微的，这笔直的公路是它唯一曾有的体验。他们像是要协力创造什么壮举，他们挤在车内的空间，他们之中有一个人是安妮。

即使毫无睡意，她还是学着其他人闭上眼。那些冷漠的神情，一张张地沉入了陌生的脸孔下。安妮处处都置身在一群叫"他们"的人当中，她也同样围上围巾，一样有地方要去。水面在手中的杯子里静不下来。车子乖乖地循着公路的曲折而弯驶。

安妮有两个月的产假，她想回父母家看看，待多久不一定，想走随时都可以走。

这是她第一次感到回家的不容易，因为路途长，而她行动又不方便。她在车上晕吐了。不过当她走在快到家的市街上时，反而觉得这次返家并无特殊，她的情绪平静得像是下课的学生。路过市场附近，安妮想买一些水果。市场的菜贩还是那几个妇人，还是那几句话在说。光阴对这些人而言，只是一座太阳和月亮共乘的跷跷板。现在她是这群买菜的妇人们之一，她们也有人怀孕了，有的则是老得无法再怀孕了。她们都买了水果。如果安妮此刻突然在市场中消失，那并无损于这群人，可是如果消失的是她丈夫，那也许海外设厂的投资计画就要中断、员工要失业、金融要动荡了。她们一定都有那样身居要职的丈夫，她们要做的事远比把水果提回家重大多了。

安妮想着自己在出门前听丈夫所谈的投资案，同时想着一斤橙子多少钱算太贵。她仿佛心里拖着一件及地的长裙，嗅着腥、看着血，处处留意但又没有印象。有些人特别多看了安妮一眼，她不知道该向陌生人还以何种神情。她不记得一斤橙子该多少钱。

"要不要和妈妈一起去市场？"

"不要，市场好臭、好脏。"

"你小时候最爱跟着去市场了。"

"现在我又不是小时候。"

"我们可以买榨橙子汁喝。"

"不要，我讨厌看到鳗鱼和蟾蜍。"

只要手还拿得动，她们一定会再买点东西，填满菜篮。看见菜叶的翠绿，她们的眼神兴奋了起来，那鲜红的鱼鳃似乎实现了某种梦想。要急着回家的不只是安妮。她不自觉地犹豫了片刻，好像有人要替她回家，一种贫血般的晕眩，将她从纷乱与嘈杂中抽出来。

她已经好久没机会单独一个人了，连晚上睡觉也不例外，上班上课就更不用说了。他们议论着证券交易的行情，他们在行情的议论中交易证券。鱼身上的冰块溶化，苹果喷上一层水雾。安妮不曾单独去进行自己的时间。她买了这个和那个，手臂有力地绷着，她不喜欢人群，因为他们活像鳗鱼和蟾蜍。接下来更不会有机会独处了，肚子里的孩子已经快要出生，她时时刻刻将得盯着孩子。这些妇人缺乏一种相异的原创性，她们怎么老是在哺乳、老是在挑选枣子和橙子？如果安妮是个经济学教授，她会有一个可供独处的办公室，这个中午她可以看着窗外提着菜篮候车的人叹息，可是那要换谁去买她家的菜呢？那个说"我们的产业结构"如何的人，他爱上了安妮，他像持着一个红色氢气球般的捉住她，那向上升去的力量使安妮感谢起了捉住她的人，她不可以独处，否则一定会脱离现实的。他送安妮去市场。

这个健全的人，终于还是健全着。家就在市场附近，她还是得感到心满意足吧？

在阴冷的巷弄里，几户人家传出了菜香，安妮饿对了时候，餐桌上早就准备好了饭菜。母亲喜欢在做菜时接电话，那样她就可以得意地告诉对方：我现在没空，我在做菜给小孩吃。她坚持习惯说"小孩"，谁吃了她做的菜，就是她的小孩。当时姑妈也在家中等安妮回来，因为母亲早上发现菜煮得太多了，所以临时拨电话请姑妈来分享。

"下一回应该让安妮下厨，看她结婚三年了，手艺有没有进步。"姑妈说，"像我那个媳妇，经过我一番调教，才三个月就生巧了。"母亲口头上也是常说："希望她的厨艺能尽早瞒过婆家，我真希望这小孩拿得稳锅铲。"

"爸爸还在诊所里吗？"没人回答安妮。

"做菜是吃力不讨好的事。"姑妈说，"做得好是应该的，可是一旦稍有缺点，马上就坏了气氛。"

"我也是这么希望，吃得好吃，心理上就踏实多了。我一直相信安妮会煮。"至于母亲心里是否真的如此希望、相信，安妮怀疑。母亲不愿接受女儿可以不再需要她的事实。这个曾撒着娇说"妈妈，求你今天做烤甜饼"的女孩，她可以变得会做菜，但是不能比妈妈会做才行。

"哦，对了，你爸爸本来今天没排到班，不过刚才听诊所通知，有十几个孩子来挂了急诊，上吐下泻，那里人手不够，所以……。"

"严不严重？是不是吃了什么东西？"

"上吐下泻？也许是孩子们不喜欢他们的数学老师。"母亲有点后悔把姑妈约来，因为她话讲得太多，而菜又吃得太少。

才一下子，洗个脸，坐在沙发上午歇，安妮就感到深深地回到家中，回到家的深处。这屋子里的宁静不同于别处的宁静，说不上喜不喜欢，它太熟悉了，它鲜明得使自己的新家和来此的路途变得肤浅，在这屋中，有着某种很容易陷入的深，这种深，慢慢将安妮的重量加重，将性子变懒。

说过了好几次，她不要去菜市场、不要去祖父家。

有好几个钟头连在一起，一个比一个沉重，她一个人在家，整个下午，第四个钟头远比第三个钟头过得慢。不管谁敲门，不准开门，电话也不要接。安妮一个人在家，爱做什么就做，做什么都觉得糟蹋了时间。不可以玩火，赶快写作业。

卖水果的贩子在巷口叫卖，都已经远离了，几个玩球的男孩子还在模仿叫卖声。喊腻了之后，他们开始发明了新词，卖课本、卖我的袜子、卖全世界。他们的父母也不在家，没有人约束这些小孩，他们爱怎么长大就怎么长大。安妮醒过来的时候，妈妈回来了，而她也长大了。

不管屋内的摆饰如何变换，墙上的照片是绝对的例外。一匙匙布丁送进嘴里，安妮觉得眼前这几幅照片玩弄了时间，混淆了她对回忆与想象的辨别。结婚的那天，父母亲穿着礼服，看着照相机的镜头，那黑洞中，快门严守着漆黑，再强的光也不准进入，那个小洞漏开的瞬间，它代表着未来，整个未来都在那瞬间里。安妮记得有好多人曾经驻足于这些照片前，当时母亲在厨房烧茶水，每个客人都有不同的表示。"不好意思，久等了。""这是那个年代流行的罩纱。""你们当时成年了吗？""这是安妮对不对？""她刚好在问：'为什么要说：起司'。"许许多多的谈话围绕着它们，那些记忆在照片中反复播放。照片里的人表情僵硬，他们不知道自己正在、将在看谁。

安妮的父母各自拥有一部分和她神似的面相特征，说不清楚是哪个局部，一种难以界分的调和，使得安妮觉得这是她分裂成两半的个人照。这时候，安妮意识到，现在自己是独自一个人了。不论他们是谁，这里没有他们。

最早从这个屋子走出去、自己发自内心想去的，是一个没有印象的日子。她为了想能够像父母一样回到家中，所以才出门的。父母从傍晚一进家门，一直到完全静下来之间，有一段无法归属的片刻，它不长不短。他们在那片刻中转变着极细微的神情，他们走来走去，脱衣服，进浴室，打开冰箱，翻找着信件和名片，他们不说话。然后不知道发生了什么事，他们坐下来，看看四处，给安妮一个微笑，他们发现自己回到了家中。她也想回家看看。

在外头，她上学去了，她结婚去了，这屋子少了个人回家。母亲总是独自一个人，凭着经验来判断何时可以把炉火关上。

"妈妈，我闻到了笋子的香味，可以关火了吧。"她记得女儿的口气，十分肯定地。

"再等一下，我有在留意。"到底她的等一下是多久？不晓得，反正她会突然从客厅走进厨房关火，如果两人同时突然，那母亲会再等一下，延迟个一分钟也好。她就是不让安妮猜对。

在外头所学到的本事，在这屋里不见得行得通。有好一阵子没这样说话了，在这里所用得到的话，总是那几句在重复——吃得如何、睡得如何、哪里有什么可用，思想逗留在这个层次便绰有余裕了。不高兴的话可以出去。

哪天不都是以回家收场，安妮不了解这个终站的意义。比较起来，外头的事物是那样浮华而生动，那教人怎能不当真，可是这个终站却自甘如此，宁静得古板，一点也没有呼应。这个女人在做菜，她也许是安妮。花椰菜熟了，她确信自己的经验，猪蹄也熟了，她的动作虽然呈现得彻底而细腻，但是，她的行为缺乏一种讯息，使人能够在描述时确知这是什么朝代。做好菜，假设她开始阵痛，然后拼了命把婴孩生下来，几个月过去后，她细心地养育孩子，可是这还是无法判断她在哪个时空。她必须要出去屋外，看看外头是在革命或是太平，这屋内并没有可供判断其年代的行为。

几乎是整天在家中，母亲不让安妮怀着身孕做活，她有光明正大的理由下命令。

"我不是管你，我是为孩子着想。"她本来还不让人家散步，她说街上满是车子和冒失的人，太危险了，但是为凸显自己委屈和她的蛮横，她说：

"去吧，去走钢索好了，免得怨我不近人情。"这下她又不当安妮是小孩了。虽然母亲自女儿回来后就从没清闲下来，她卖力打扫房子，不准女儿劳动，要她像父亲一样坐着。而扫她的座位底下时，母亲偏偏扫得特别久。

"没关系你坐着，脚抬起来就好了。"如果不让母亲哀声叹息，那她怎能称心如意。"我这手臂恐怕是要废了，没关系，医生就是爱吓唬人。"安妮不知道怎么安慰母亲才对。

洗完澡离开浴室后，热腾腾的雾气还没散去、留在镜面上，均匀地将母亲的脸孔盖得模糊。擦拭头发的时候，安妮感到头发由重变轻，由黏贴变干松，她四处找着一条沐浴前所解下的发圈。母亲在浴室架上看到了发圈，她以为女儿知道放在这里，所以没告诉她。如果拿出去给她，那岂不是在嘲笑她丢三落四？而安妮也不想为了一件小事就开口问母亲，好像自己凡事还要麻烦人家。镜面上的雾气散去，母亲坐在床边，习惯性地掩着面孔。夜晚夺去了人的视觉，时间正行驶过最深的隧道，究竟生命要将这个妇人领至何处？她在屋里，闭着眼睛自言自语，说些不给任何对象的话。发圈还遗落在浴帽架上。

　　和大多数孕妇一样，安妮觉得自己又胖又罪恶，这不是以往的日子所一向期望的，以她的学养和办事效率而言，这样过日子实在奢侈；去美容院洗头、听姑妈在电话中扯闲话，她们要把对于现状的心得灌输给她，她们交换着购物市场的折扣券、用爽朗的笑声驱逐郁闷（还真的有效）。安妮觉得自己好像在牢狱中分享老受刑人传授经验，真是荒唐透顶。

　　午餐前，安妮去了一趟图书馆发泄。走到巷口，她看到几个老先生正在围观拆房子的工程。她想起了姑妈第一天所说的：

　　"你要是再早几天来，还有火灾可以看。"现在这间焦黑的房子被拆了。因为这附近的房子都盖得很接近，所以失火的那家人不但没有得到同情，大家反而把他们当杀人未遂的凶手来看。围观房子被拆，也算是种泄消心头之恨的方法。虽然本来安妮也想看看工人们是怎么拆的，但是想着人家的感受，于是也就离开了。

校区图书馆里有着她要的气氛，在这里闲着似乎还比在家中闲着还来得充实。

几个老先生独占着报纸，他们对社会的了解，远比对自己的妻子来得多。安妮绕过他们伸长的腿，走进书巷中。她想找一些有关生育婴儿的书或是食谱，可是放眼望去，书架上似乎没有她要的书，这成千上万本书都是些什么？怎么可能连一本她需要的都没有。循着分类号码指示，安妮经过了各门学科类别，来到了图书馆的最角落，就在休闲类的下方，她找到了所要的书。拿了三本书，她坐下来阅读。

没读完一面她就愣住了，安妮纳闷，怎么自己所拿的书——有那么多更有意思的书——是生育须知、园艺大观和美食百科呢？怎么自己竟和一群秃头的老人坐在同一张桌子前？他们打呵欠、抖动两脚，难道自己看起来也是这副模样？大略地翻看食谱，彩色的图片吸引了注意力。这是吃的东西？做得真美味的样子，可是她的丈夫说：吃是低等的感官。没错，所有的事实都在支持他那无法被攻击的论调，可是这本书竟企图把低等的享乐精致化。

翻到甜点类，安妮看到了更极致的手艺，到底谁在研究这个领域？这些甜点精美得妨碍人家的食欲，它们美得像是在教训、在嘲讽做和吃的双方。十颗做成天鹅形状的泡芙在糖浆上面浮游，这些泡芙有着细长的弯颈子、圆头，以及巧克力酱画上的眼睛，和背上如鹅绒般的糖霜、鲜奶油灌胀的身躯。这怎么吃？

这时候，外头一阵房屋倒塌的巨响，如雷鸣般传过来。是工人们所拆的那间烧黑的危楼。这声音将安妮从书本中揪出来，好像刚才自己太安逸了，才会受到惊吓。阖上食谱，翻着其他几本，它们同样又是无比精致。是盆景、插花，够了。另一本是编织和缝纫，还有一本是报导如何生育男孩、如何教导幼儿排泄……。

安妮是需要，也喜欢这些内容，但是，她说不上来这种感觉，她不想需要和喜欢这些雕镂，和房屋塌倒的巨响相比，这些内容显得太没有用了。她说不上来，所有的事实都在支持那无法被伤害的论调 —— 她太低等了。

一个人影站在身旁，安妮抬头一看，是姑妈。她正好要来帮儿子借一本要写心得报告的伟人传记，远远地就看到了安妮，可是不敢突然拍她肩膀，怕吓着了人家，所以刚刚站在那儿。接近正午，她们一同离开图书馆，结伴回去。

路上安妮觉得嘴馋，想去市场外买点炒栗子。穿过重重遮阳篷，各方的叫卖声引导她们在人群中行进。

"我的柑橘保证是甜的！"一个贩子说。姑妈听到后便凑近安妮耳边说：

"骗人，我上周买了那个人的橘子，酸得可以酿醋了。如果哪天你骗他说你爱吃酸的，他肯定会改口说，他的橘子保证是酸的。"就在街口中央，有个人大嚷：

"五十块有什么了不起，我的炒栗子不用钱！"她们走过去一看，原来是个疯妇，她手上根本只是个空篮子。"买栗子哦！"她又喊，没有人理她，后来改口喊："买洋葱哦！"这下子大家才笑了出来。这个疯妇衣衫脏破，脸上带着外伤，她到哪儿都不必挤，大家自动避让。

买了栗子，安妮看着疯妇消失在路口，她和姑妈聊着：

"真不知道是什么事，竟把人搞成这样子！"姑妈叹道。

"发疯又不是跌倒，踩了个坑就发生了，原因不可能只是某一件事造成的，最后的引爆点绝不能拿来作为判断，比如她的茶杯被陌生人不慎打翻，我们就不能说，看，她因此发疯、因此自杀。"说完，安妮惊觉自己怎么向姑妈说起看法了。她一星期没见到丈夫，她必须讨论些看法，心里才不会悬着。

大多数人都没有发疯，安妮边走边想。她知道有的女人之所以发疯，是因为遭到严重的伤害，可是什么伤害那么强烈？路上的车辆在安妮眼前疾驶，互不碰撞，太神奇了。也许，一个女人正在研究如何做天鹅泡芙的颈子，如何将糖霜施撒平均，她的思维变得细如纤丝，这时突然一件伤害生命的事降临，这样的对比就可能显出伤害的强烈程度足以使她发疯；不过对于不必学做泡芙的人而言，他觉得被推倒在地根本不算强烈，至于算不算伤害，那就得看人的幽默感够不够了。

不过安妮又想，没有发疯的女人，她们受的伤害是不是比较小，或者事发时她们幸好不是在学做泡芙，而是学打网球。不然就是她们找到了很杰出的心理医生，那个秃头的医生分析着社会结构与集体行为，提供了一个宏观的视野，然后隔天这个女人回到公司柜台上班。那个医生想必治疗过一千个身心受创的女人，一千个算多吗？一万个呢？不，都不多，因为她们都不是在同一天，一万个人同时被伤害。谁叫她们只是每天十来个人受伤害，太分散了，而且太快复元了，如果这一万人能同一天团结起来遭受侵害，也许那天会变成国定假日，该立碑、该赔偿的保证样样不缺。

像是乘坐在一辆车上，只要安妮会思想着，她就绝对没有下车的一天。

可是她哪来的才智去超越这一切？她连脾气都忍不

住，寂寞了就想找朋友，安妮卷入这个世界太深了，一点也没超然过。那些有手臂的人就挥舞手臂，没有手臂的人则改跳脚；那些想驶上时速一百的人，绝不驶九十，想买栗子吃的人，绝不买成洋葱。"我们多自在"，安妮心想。只有小心眼和容易被一点小事就影响来影响去的人，才会知道"我们多自在"，她又想。

想归想，她还是终得坐下来歇息，看着桌上半包留给母亲的炒栗子，一个下午都没动过，她不想从女儿身上得到任何好处，甚至不需要她形式上回来探望。平常的日子难道因此都过得不算数？几天后还不是又恢复从前，母亲不明白自己这几天究竟愉快个什么劲？

"安妮是个体贴的孩子，话不多，挺懂得包涵人家。"姑妈向母亲说。

"那是你没见识过她生气。"

"发脾气总比憋在心底让人放心，是吧？"姑妈知道她想讨赞美，所以就如了人家的意。两人边聊天边在店里选购一些婴儿的衣物和用品。起先她们担心这样也许会破坏安妮自己来选购的乐趣，但是想说收到人家代劳买来的贺礼，应该也是种乐趣，于是她们便满怀信心地自私了起来。

通电话的时候，安妮似乎重温了与丈夫在交往时的情境，老实说，这样有点不自在，沉默的片刻显得太突兀了，好像不得已要赶紧多说几句话才行。不过提起家务事来，谈话马上流利得很轻松，一流利，个性就不藏了。安妮当然记得要去缴保费、要去办户籍变更、要领这个，要申请那个，他好意得瞧不起她的责任感，而她也没有给他对于过度担虑致歉的机会。安妮不确定什么时候要告辞，只是说大概什么时候，她觉得这件事没有咬定的必要性，而丈夫认为安妮是想神出鬼没。差不多是坚持到他失去雅量时，安妮才又说：后天就回去，好像他专断不明理，而当他沉不住气说"要住多久随你便"的时候，安妮这才满意地挂掉电话。他们交往时，就是这样。结婚是为了要报仇泄怨。

胎儿一稍有动弹，安妮就注意自己是否哪里做错了。

像是一艘潜水艇，她觉得自己眼睛所见的是水平面上的景象，而躲在深处的胎儿才是自己的首领，她正瞭望到母亲在车缝棉被套，裁缝车运转着，母亲的专注使得那份枯燥变得庄严，可是胎儿又动了，也许机械声听起来有点像战车履带。安妮缓缓站起来，离开了客厅，她航驶着身躯，航向安静的角落，可惜世上没那种仙境，每个角落都有骚乱，谁有高标准谁就等着发疯。

是她对悠闲的抗拒在骚乱。那裁缝声熟悉得仿佛未出生前就听过，她静不下来，随便做点什么也行，别懒了。观察四周，这屋子结实得没有挥得动巨锤的男人动摇不了，安全就是这么来的，必须要有令人却步的庞然大物，她才能有空间培养内涵。谈笑声？是父亲带了两个朋友回来，他们要玩桥牌。平凡的时刻——它就像军队的齐步一样强悍。安妮航行在重重景象中，一天天地酝酿着随时准备向某目标发射出看法的奇怪思想。那无休止的航行，在惩罚中变得不在乎羞耻，然后冲动地介入行进的军队中。茶杯里从没有空过。手上有好牌的人的表情和手上是坏牌的人一样。他们的妻子看了好几年，还是不清楚桥牌规则，那她们究竟在看什么？她们在等待又一个夜晚像纸牌一样地洗入素色的印花中。

谈话声将她们从个人的处境中解放出来。二个变成三个。看到朋友的女儿怀有身孕，她们便被共有的经验联合起来，聊得热络。

看着安妮展着笑靥，母亲在一旁把手上的热茶吹凉。又一回合的输赢，他们爽朗地大笑，彼此吹捧承让，不亦乐乎。听不清楚她们怎么熬过第一胎的妊娠，只见到安妮无名指上的戒指在交谈时，无意间地起落摆动，母亲看着手与戒指的美，及搭配它们的那整个婚姻，她不知道女儿是否真的在这份美感中？那互有的隐瞒减少了她们交谈次数与描述的多寡，回避总比撒谎仁慈。

那份善意造成了疏离，而对此的谅解与否也由不得谁做主。母亲又去帮他们添茶水了。有一份冷静在安妮心中，片刻不停地欲将她自此地带走，正如自己来到此地。她从没有期望母亲能在此地安然自若。又是一局牌，新牌发至各家手上。他们用重现的沉默，给母亲一个无需适应的承诺。

去诊所做了个检查后，安妮这天去了一趟姑妈家话别。基于对行动上的不便，她并没有太强迫人家把五瓶自己调制的酱汁带回去，不过晚餐她却执意挽留，这使安妮为难，在双方势均力敌的情况下，安妮忍不住地扯了谎，最后，胜之不武的那方终于得以告退。眼见自己显得怠慢，所以在送她下楼时，姑妈还是不甘示弱地与她分享一个消息。早上买菜的时候，她听说上回见到的那个疯妇，昨天杀伤了邻居一个女孩。"现在的治安真糟。"姑妈说完后感到人家来这一趟，起码有增广了见闻，心里才觉得有还以颜色。

和街上其他人不一样，安妮站在此地不动。低头检视手提袋，她回想着里面装了哪些东西。穿过马路，又有两个人走向安妮，他们站着，三个变五个人。那是陌生人，他们互为陌生人。他们藏在一件件衣服里，从领口探出。在车子进站前，他们没事可做，安妮正在想着关于那个疯子杀伤小孩的消息。

她想这些人真难伺候；治安不可以变坏、钱不可以少赚、身体不可以病老，最好四季还风调雨顺，她想这些人凭什么享受好的。安妮愈想愈不在乎自己看见了什么景象。

返家的路途上，安妮一坐上车就呼呼大睡了。

原载《联合文学》第十四卷第六期

面　壁

她面前这景象——夜空、巷沟、家门，
看起来是那么扁平不立体。
在她面前所竖起的任何景象，
不知道为什么，
总是让她穿不进去。

球赛进行到延长赛的下半局，一记左外野安打，将二垒上的跑者送回本垒，游击手长传，捕手扯掉护面，仰起手接球，两方面同时触垒，主审裁判做出了手势。

　　教练气冲冲地朝着不予理会的裁判大吼，场外抗议与叫好的观众喧嚣，场内不满与狂欢的球员相对。其实如果判决相反，结局还是如此。凑巧，这时候某个人的手肘不慎顶了敌队一员的背（在混乱中，多的是这样的机会），于是两人便大打出手。好意跑上前来劝架的队员们，都互相以为对方是来支援的，结果反而打起了群架。

　　接着观众也冲上球场，所有人乱成一团，场面完全失控。席上处处有零星冲突，维持秩序的警员原本正要赶紧去通知救援，但是群众误以为他们是想逃避职责，所以也打起了他们。有的一心只想离开的人，被误以为是打够了人才想开溜，马上就被扑倒在地。眼见暴动越演越烈，每个人都自以为是自卫，没有人认为自己不是受害者。

在疯狂的拥挤中倒地受伤的人，如果没有流血，就会被误以为假装受伤，他们故意踩过这些伤者的身体，假装自己没看到，看见被踩过之后的哀嚎才会被认为是真的，没看到的话可以再踩。如果是个女性，那就借机猥亵，猥亵时若找到钱包就抢走，有人干脆跑到球员休息室偷东西。那些少年这辈子第一次尝到了做各种坏事的滋味，他们谢天谢地。在武装警察和医务人员到达之前，大家的情绪依然激动，他们越发泄越想发泄。

当时父亲也在场，虽然遭了些踢打，但终也安然脱身，离开球场，他回到家中。

为了顾及面子，母亲没有过问事发的情形，只是尽快帮丈夫脸上的擦伤敷药。可是父亲觉得如果没有在询问下对此事件控诉一番，才是真的难堪，所以他并不感谢妻子的沉默。把铺盖摊开，他侧卧了下来，不让人家看见他的表情。能够狼狈地回来生闷气，已经算是幸运了，他安慰自己。母亲很庆幸自己没被说服，不过对于叔父，她则很内疚把票券让给了人家。

没有回头去看，到底发生了什么事？在背后。无法从声音去判断。不懂、好奇，女儿就是不会反省坏毛病。因为下午她又跑去街上的垃圾堆里寻宝，所以现在被母亲处罚，坐在墙角，要她好好面壁思过。

所有注意力都放在背后，原只需一回头就能真相大白的事，现在成了那么吃力的臆测。门打开、钥匙放下、抽屉打开、翻找、走、坐下、叹气。这是在做什么？他们又没说什么话。她不敢回头，以前每次这么做，总是恰好被母亲逮个正着。心里一不是滋味，她就恼羞成怒，现在她不是不敢，而是自己也不想、不屑回头，就算母亲表演杂耍请求。她也绝不回头。不晓得这样的处罚，竟造成和预期的宗旨正好相反的效果，母亲依然在照顾那个婴孩。

等一下教授的妻子就会来把孩子接回去。她细心帮婴孩擦嘴、擦手。原本只是星期一到星期五，但是教授夫人最近因为要主持一系列关于促进妇女权益的研讨会，所以现在连星期六也得把幺儿交托给她照顾。起初她纳闷，为什么不把孩子交给家中的佣人，后来才听到孩子的母亲说：她家的女佣是个外国黑人，不太会说话，她希望孩子的保母能说正确的语言，免得耽误了牙牙学语的阶段。

母亲明白这种期望，所以帮他擦起手来时，也丝毫不敢马虎："来，小博士擦手，擦、手、擦手。"因为父母都是博士，所以孩子就叫小博士。听不清楚母亲在说什么。她平常说话就是这么小声，让人家搞不清楚那是自言自语，还是在向谁说话。不管眼睛看哪里，如果没有大声重说，那表示刚刚说的话不重要，没听见也没关系。

凭经验，女儿深信自己无法求证的猜测，仿佛墙壁上就放映着本该眼见的景象。会有其他的可能吗？事情一定就只是那样，在这熟悉得可以闭着眼睛过活的屋子里，什么事会是新的？电视节目正好播出了研讨会的画面。

"看！小博士，那是谁？是妈妈，妈妈在电视上。"认出来之后，他觉得这很玄怪，怎么人会在电视画面上。当时她说着：

"除了经济上的独立之外，女性就业最重要的意义是在于成就感的获得，和社交上的参与感、知识的养成。这是人格成长必备的要素。"母亲以为孩子看到妈妈上电视会拍拍手，可是没有，她以为孩子可能认不出人，或者思念起人了。不知道，除了身体上的感觉，她不知道这尚未有思想和语言能力的婴孩，究竟心中作何感受？他只会哭，像在一间与世隔绝的小室里。

从电视上，母亲确知了球场暴动事件的始末，报导所说的和先前邻居告知的一样。

"你看。"母亲指着电视说。

"那根本是胡说，我才不看。"父亲还是侧着身子，面朝着墙。他不相信真正的起因只是两人不慎的碰撞，这种说法会使得自己的遭遇显得荒唐可笑。他坚信暴动是小人的阴谋。他找得到利于印证谬论的线索，而且他是亲身经历的人，他的说辞应该再加五分。

真好。女儿得意洋洋，她所不在乎的事都和自己无关了，让他们去困扰自己所想的是对是错。她觉得暴动是她赐的。都已经这么大一个女孩了，有思想、有语言能力，再感到无助也是活该。虽然有，但是她不想也不说。

宁可再多站两个钟头，下次她还是要去街上翻垃圾堆。原本她也是觉得很脏，但是习惯了之后，她和其他放学后沿途走回来的同学一样，都有一种豁然开朗的感觉。每天在学校，她们都要互相炫耀自己找到了什么。

垃圾车已经有三个星期没来收了，街上的两旁都堆满垃圾，可是抗争依然持续着。卫生所施撒了消毒药之后，腐臭味还是不减。居民积愤日深，他们愤恨不知该愤恨哪个对象，于是只好样样都看不顺眼。每天的垃圾量依然保持制造，他们认为只有让街上堆放更多垃圾，问题才会得到重视，如果量少了，恐怕问题会显得不够紧急。

仍有部分球迷在球场附近流窜滋事，他们愤怒地叫骂、争辩。愿睡眠扑灭这些人。

枕头凹陷，就算没人躺枕，它还是凹陷的，仿佛人变成隐形。东西用久了，就有一种老态。有一天它会让人觉得非得丢掉它才行。意识微弱地醒着，身上的疼痛及疲倦没有使父亲睡着，这一季球赛的结果，想不到是如此收场。他想睡着，什么事都不去想。要不是身历其境，他不敢相信事情会有那种可能性，那种群体的激动就那么形成，好像魔法，个别感受被扩大到所有人身上，所有人都被恶魔借用了身体来使坏。他从没有被殴打过。不知道打他的人是谁？阻止不了的，时候已到，在那节骨眼上，他们势必如此。

满脑子的思想无视于身体的劳倦，理由充分而正当地说得头头是道，失眠，真是个没用的男人，哪天他若累死了，这个思想还会寄生在他人的脑中，操纵他，要他去球场叫好。颈子痛、胸口痛，身体不知道发生了什么事，自己哪天不是老老实实地顺其自然。不准睡，他还要用思想去力挽狂澜，恨不得自己是个全能的君王，为什么大家不听他的？有时候他反而希望自己夜夜都能像心中无牵无挂的笨蛋一样容易入眠，可惜他以此为荣——太有思想，非得欺骗一下自己，才能浅睡几个钟头。

近近地贴在眼前，壁纸将父亲仅有的视野摊平，那些花纹缠得像座迷宫。他像是只墙上的大蚂蚁。

各种暂时统称为物体的东西霸占了各处。抽屉填满了、房间填满了、街道也填满了，一堵堵墙从四面八方围过来，停止，它耸立着，样样家具都靠向它，橱柜、桌椅、扫把、床。这些被做成各种形状的物体，密切地将一个个人互相传来传去。从瓦斯炉到冰箱，然后再到摇篮前，母亲不像是用走的。转身、面朝前，她必定是朝着某个目标移动，比如毛巾架。她不曾漫无目的地移动。静止不动就是处罚，在这重重物体之间，他们的情绪撒开来，太好了，每一样东西都在形状之中，在一个名称中，不会有所改变，他们安心地在处境中，把事情做成这样（母亲为热水瓶注入开水），把气氛经营成那样。责任不在她身上，她有能耐把气氛弄成这样吗？父亲上完厕所就又回到床上。晚餐准备好了，小孩不懂事，学习本来就是要将小孩从天性的沃土中拔出来，见见天日，吃吃晚餐——那企图将家人们再度联合起来的力量。做着一件件事，流利地；一件件事在母亲的行踪间传来传去。

就是不说，看他什么时候才要开口问：女儿又怎么了。至少这不是虚情假意，搞不好这是面冷心热、情感内敛也说不定，母亲不愿显得自己以貌取人。眨眨眼睛，小博士大概又想睡了，他遁入冷漠中，阻止了来回于四周的人的传送。母亲不让任何声音打扰这婴孩，只是坐在可以环顾四周的这张餐桌前，独自培养食欲。

截断了唯一的前景，宁静与墙壁的荒凉合而为一，它蓄意要套出女儿更多的幻想，再予以一并歼灭；以她自己的脾气。捏紧右手拇指，一滴血从指尖冒出来。都是因为废弃的注射针头，活该，母亲怒斥，这是个街上会有针头的世界，讨不到任何同情，她嫌这伤口太小，反应过度？除了发怒，她没有能使说话声变大的其他方法。

"吃饭了！"父亲装作被这轻声细语叫醒，他宽恕了无法避免的瑕疵，他很老练，在这世上混了四十年，底都摸透了，还不就是那一套，就算今天起瞎了眼、聋了耳，也不会有所损失。听听妻子说的：吃饭了。这种心满意足的层次，竟能打发掉好不容易才形成的憬悟。没有人从他的宽恕中获益，这才不可饶恕。

"现在没胃口，你先吃吧。"父亲感叹没人给他发挥感叹的专长的机会。没有援手可供他施展拒绝的才能。世上有那么多句话可以说，但是她只捡"吃饭了"这句，话语已经被她使用得没有意思了。

不管是犯了什么程度的错，她都要罚女儿面壁坐上几个钟头，为的只是要显得自己不会管教孩子，显得父亲没有主持公道、不闻不问。她又没动手打孩子，这一切都不是她造成的。顺流而下，母亲自己先吃，先喝一碗海带汤，味道刚好，她就知道刚好。在调味的那关键的一刻，她明白地感觉到，自己心中有着一束类似蜡烛的棉芯那样的东西贯穿着，在最中央，被紧密地包夹住，它做出的决定正确无比，但是只有在为一锅汤调味时，才是它唯一能做出决定的机会。"刚好。"她心底说；这个声音像月亮般斜斜升起，微弱的光，像蜡油所冷却出来的一层薄膜。再等，她在等待能说"吃饭了"的那一刻到来。

没看到谁来，说不定小博士今晚要留宿了。窗外的夜色穿墙而来，母亲的说话声接近无声，身形接近无形，在窗前，夜色抽去了她上半身的轮廓线，那件身上的黑色毛衫放大至整片夜空，月光揽入了胸怀。暗，压得灯光喘不过气。灯将明亮吹胀，将他们连同影子一同推斥到角落。

定定地坐守影了前，多的是这样的机会，星期天是用来做什么的？她并没有刻意去找垃圾堆玩，走到哪里都有，她只是走着，浏览，眼花缭乱，犹如飞翔在高空，看，各种颜色都有，然后蹲下，伸出手，如此而已。远离了刚刚随意走动的那些时间，时间不都只在供她蹲下、伸手？下一分钟不会到来了。知道自己错了并没有用，要母亲认为她知道才有用。不要装作无辜了，垃圾堆怎么会像小人国？

影子所拂过之处，没有痕迹。当她一个个下午将皮球扔向墙壁时，影子会把一次次的力量反射回来，皮球接在手中，白费了。影子中必定有着任人宰制的苦楚，那溢于身形的阴暗，多么枯燥。不会有损失的轻视，多么易于使得又一个下午变得令人不耐烦。

"人家都在睡午觉，不要丢球了。"一个妇人从窗口说。女儿抬头一看，这么多窗口，不知道是哪一个窗口传来的。提着一瓶插着吸管的汽水（还剩一口，那一口她舍不得喝完），一手抱着皮球，她朝着街口走去。要靠她这么点好奇心去排遣掉的光阴是那么地漫长。

然后，一天的重心来了，它落在阴影的边界，沉沉地落下，然后斜斜伸过路中央，张开来。西照的阳光照暖了一个躺坐在走廊下的老先生的脚背，他起身，戴上一顶印有队旗的球帽，那是捡来的。她跟着老先生那么做，走近街旁的垃圾堆，开始寻找。她也想要一顶那样的帽子。把那一口汽水喝掉，瓶子往哪里扔都行。

像是溪畔遍布的大石块，这一袋袋填装饱满的垃圾，堆放在此，看起来很自然，两旁的楼房或直立或横排，庞大地围出了街与巷道，一口口封上铁条的窗，店家的招牌各有其颜色和字体。这些楼房像是一条条肥大的巨虫，而垃圾正是它们的排泄物。堆成了一排又一排。好艳的五颜六色，远超越了花朵的明艳，哦，那疯狂的彩色，碎沾在所有物体的表面，那是空罐子、瓶盖、纸团，以及食物的残余。它们原本是什么？在屋子里，摆放在某个自有其道理的地方，但是现在它们——所有东西互无关联——紧紧装在一起，压、叠，离开屋子，丢置，结束了，都在这里，归根。有的袋子胀破了，腐坏的气味泄出，引来了野狗群，咬、挖，它们吃到能吃的东西，然后有体力了。狗活着，成群游走于街头。没破的袋子也破了，握着一只破伞，她用伞柄勾搅着垃圾，那是书和杂志，上面是知识。字、色彩，斑斑留痕，那痛苦的色彩在眼前不停跳动，没有用的，毫无吸引力。她不罢休，必定有什么能满意的东西，在这片失去了组织的物堆中。

也许，把它们全部拆开来之后，这零零碎碎的废物，可以重组出另一个世界，那个潜藏在这其中的世界会是什么样子？记得在超级市场的时候，她曾和母亲在收银机前，提着菜篮排队等候付账。看着前面顾客所推的菜单，她试着想象。那是果汁、香皂、面条，和罐头，它们被那个先生从摆放整齐的陈列架上逐一取出，它们聚在推车上，是什么样的一种生活会对它们有需求？不知道，他和她们买的东西完全不一样。她们家吃水果，香皂是父亲拿回来的，面条和罐头也不常吃。

被买回到家家户户的果汁，就放在每个冰箱里。几天后，空瓶子和香皂盒被丢到又宽又深的垃圾筒中，它们于是团聚在一起，如同回到共处于陈列架上的那段日子。捡起这个玻璃瓶，她觉得它很好看，也许学校的美工课会用得上。陆续捡了一些小玩艺儿，几天之后，抽屉就放满了。女儿希望哪天这些东西能派上用场，否则将来还是要丢掉。

　　什么东西都有人不要。一个会自动报时的挂钟，一支笔尖微裂的金色钢笔。她又希望自己会有连这些好东西都舍得不要的处境。可惜一切都变脏了，而脏又绝不可能变回洁净，它们曾有的洁净是虚幻的、短暂的；只有脏臭和污破才是真实、恒久的。有一天她将在回忆这一刻感受时，这样地想。一粒粒铺在一块生肉上的苍蝇，在她勾取一件饰品时，全部闪散，这个景象令她感到恶心，但是她没有因此离开或撇开头去，不知道为什么，她竟观察起了细节。恶心的画面只要看过一眼，就会深深印在脑海，越排斥它就越清晰。消除这种不适的唯一方法就是与它搏斗，不断盯着它看，直到习惯为止。不过若一阵子没看到脏东西，心里清爽了之后，它又会浮现脑海，破坏心情，到时候又得去找鱼的内脏、馊水、尿片之类的垃圾来看，才能抑制了。见识永远不嫌太多。

　　从街上绵延到学校侧门的停车场，那远超出了她的能力范围，要翻遍所有的垃圾，恐怕得马上长大成人才行。自己是这么弱小。这么多的大人，匆匆走过身后，他们掩住口鼻，有的人慌张地奔跑。流出来的血使他们明白自己身上有的是什么。没有任何气味能盖过垃圾，他们嗅不到血的腥。嚣嚷声如挥舞中的旗布，它扬起了一股人人都扬得起来的冲动，这些零零碎碎的人的气息，以男性的样式，就地将自己向四面八方掷去，他们放声嬉笑，重重地一脚把铝啤酒罐踏扁，然后扫踢着。得分，欢呼。

在一条巨肠中蠕动，他们，以及他们一串串的动作所促成的改变。车子发动，一辆接着一辆，他们要把当天的垃圾带到还没有放过的远方去放。载着金属所反射的光亮，它们消缩成为一个点，那些亮点将她的视觉刺出一轮轮橙黄色的光芒。太阳照瞎了举向他的双目，她看不见色彩了，或者说，她看见的色彩全部都混成了白色，全然的白。女儿蹲下身子，白色与整个天空压在她身上。

那空无的白光——重量与距离的极限，别无他物，纯的光，在面前平涂成一面墙。

展现着不具神情的牢固，墙壁封住了屋子朝向光线的那一方。不准就是不准，烦。她觉得自己像一枚钉在墙上的铁钉，动弹不得并且不想动弹，她是个会有这样的感觉的人，而且越来越是。

在墙壁的左侧，热水瓶的上方，挂着一幅月历，一个月份一面。上个月是雪景，现在则是海景。她想一下子就先看完每一张风景照，可是又怕看过以后就不新鲜了。看了一个月雪景，她一直在等待母亲在一号那天翻换它。结果，这个海景还不是一眼就看完、一天就看腻了，然后又要等下个月。

墙壁上的钟、月历、黑板，这些轻松送入眼中的东西是这么无聊，包括出没于此的小蜘蛛。它总是单独伏在墙面上不动，好像一个人在旷野上走失了方向。小蜘蛛原地转身，刚要拿定主意时，电灯就正好熄灭，像气球被刺破一样，明亮瞬间消失，摸着墙走，她在触觉的出路中，小心地挪移自己，墙的平坦，向前蔓延着，她到了什么地方？蜘蛛跳上了她的袖口。父母亲的说话声，跳到了她的耳畔。

"明天要照顾教授的婴儿，我把票送了，你和二哥去看。"

"一个大近视眼能看见什么，看篮球好了，也不行，篮球传来传去，每个球员都在动，太快了，对他而言根本是受罪。"在开口说话的出路中，他们的无聊得以释放。转过去一下，面壁，母亲要换衣服。讲话声休止，屋里变得不像有他们在，不讲话的时候，人像是一种笼中的野狗，不安又不敢不安。他们一睡就不愿起床，一清醒就不肯去睡。父亲读着一本本重看了好几次的汽车年鉴。有灯光亮着母亲就睡不着，她侧过身子，背着光源，好多了。读了一个钟头后，熄灯，才躺不到十分钟，突然又起来翻阅，好像那些字在午夜时会变换。

恪遵了命令，她没有回头看，只是面壁着。不是因为乖，而是倔强。这种个性最要不得（她坚持不吃饭），唯一对付的办法就是不理睬，任她自己作法自毙，否则就会得寸进尺。不知该不该狠下心？要管教（说"治理"也行）一个人，是件多么狂妄而困难的事，她越懂事越不像自己的女儿，她喝自然科学老师的奶水，那些灌输她所需的东西，都是母亲给不了的，她答不出来哪个皇帝是哪一朝，答不出清运垃圾的直属单位是哪个机构，她只会把奶瓶塞到一个又一个婴孩的嘴里，如果有一天孩子必须知道氧的燃点是多少时，他们会离开这个老女人。敌人来了，那促使女儿思索起来的力量，成长的力量，它要来向母亲挑衅，说：这个女儿是它的，是这一班班驶向学校的车的。她需要球场、教室，以及通往那儿的沿街，而母亲却凶恶地命令她不能怎样。这是残忍的。她怎么懂得这些，她又没读过教育心理学概论。女儿不再吃奶瓶了。谁叫她明知故犯。

这是个多么容易就犯错，并引人和那个人敌对的世界。

有人来了，母亲去应门。来接小博士的，是他们家的佣人。她不太会说话，口音乂重，一下子听不懂是说什么，也许怕自己失礼，所以才不得不勉强多说两句，这是她在门外站了半分钟才按门铃的成果，至少和善的微笑取得了母亲的信任。

"你就是……"

"我是、你好、夫人是晚上叫我来、夫人是开会完、喝喜酒很晚、我来拿小孩、谢谢你、谢谢招待。"佣人以为被怀疑身份，所以连电话号码都说了。将小孩交还，原本小博士睡得好好的，但当佣人一道别、一频频行礼，小孩就醒了，这下她才急忙离去。她的感谢是有道理的，这么宝贵而棘手的孩子，是她不会照顾的，母亲的代劳解决了最大的困扰。她不知道夫人不把孩子交给她照顾，是因为嫌她不会说话，而非替她分劳解忧。

母亲在大门前探看他们远去，只见佣人一路叽里咕噜地对怀中的孩子说话。

大门才开了几秒钟，浓烈的恶臭就进入了屋子。

"把门关上，我的胃里已经没有东西可以吐了。"父亲说。一点也没错，他说的话如果不动听也不能怪他，实话实说已经难能可贵了。母亲关上门，心想家中厨房的那一大袋垃圾也该拿出去丢了。

玩着自己的手指头，女儿不觉得被罚。在教室上课的时候，她也常这样动着身上的某个小部分，十根手指互相勾缠、翻卷舌头、噘唇、扮鬼脸、调节呼吸节奏。她的身体像是栋楼房。当老师或者类似老师的人说话时，她的眼睛从不看着对方，顶多看他穿什么衣服。有人教她要看说话者的眼睛，可是她还是习惯看地板，没有人因此勃然大怒的话，那就还不必急着纠正。看到主持公理的人发怒最有趣了，最好还出手打她。

如果重罚还没有用，那母亲就真的束手无策了。重罚非得有用才行，她坚信。

裸露在眼前的，全是不折不扣的现实。这股没有窗口可以散稀的臭味，这张像老人脚底皮般厚硬的椅垫，这堵墙壁、这对竟被自己的念头所扯落的父女，坐着、躺着，这些在地面上七横八竖的灯台、桌椅和碗盘，它们像是自高处崩塌下来，它们要来这里静止自己，要将自己奉献给现实；该留的留、该丢的丢。衰败的常理使这一切都散置于身旁，自暴自弃着。

椅背上所披的衣服，脏旧而皱臭，还有桌脚旁的袜子，它们被连同人的体验也一同剥下来。有一件上衣被扯破，它势必遭丢弃。忘掉不愉快，再选个周日，去买，买一件上衣从头穿起。和壁纸一样，就是靠这些在屋子里的一样样东西（不论是实用性或装饰性），他们的感受才得以舒张和安置。

黄昏之前不久，西晒的夕阳会射入屋中，将壁纸染成迷人的橙黄，将手缓缓伸入光线中时，她会觉得整面墙就要在手心下变得香甜柔软，变得允许在面向它时，显得自己有所欠缺。可以清楚看见的东西是那么地多，它们难道就不行一样一样地来，而非得同时堆成一堆？

夕阳从手背滑出了屋子，女儿走出去，追着它的尾巴。在电线杆上，赤红色。还有屋顶、街道旁的围墙，那些垃圾再次被满天的赤红丢弃。路中央的那双鞋子，不是垃圾，是一个妇人在车祸时所遗落的。现在它是垃圾了。

巨大的手掌挡成了墙，从室外侵入室内。既然早晚都会看腻，当初何必为挑选壁纸劳神。父亲对壁纸的花纹的厌腻，使他千方百计想找方法消除。他对消除的方法也厌腻，只有那颗被击得又高又远的球，可以清晰地在瞬间，有始有终地完成他的期待，于是他大喊：好球。看到站在衣橱旁梳头的女儿，父亲没有再提醒她别驼背。她看起来似乎所有知觉都集中在持梳柄的那只手。一种冷漠的气质将她如夜景般，蒙在网状的白窗帘后。

不用镜子，她借用母亲的梳子和发圈。她看着墙壁上的一个手印，一小块污痕。一会儿之后，她发现污痕很像一个人脸，而且神韵十足。可是才悄悄把视线移开到四周，回来之后，又不像人脸了，非得再多看一会，脸孔才会浮显。可能是角度的问题。她经常在各处看出许多脸孔，有的是侧面，有的则像妖怪。告诉母亲后，她却看不出来，直到她焦急地不断指示，母亲才装作看到了。梳子一下一下地，在节奏中反复起落，墙上的脸孔是幻觉。背后，他们在换衣服，背后，那共有的空间。

背后有不能看的就在背后有不能看的就在……

总是那些重说了一百次的话在说总是那些重说了一百次的……。

梦见自己睡不着，父亲以为自己真的又回到了球场中，以为自己想要把熟睡的观众们叫起来，以为可是自己没有嗓音，他以为怎么叫嚷也没有声音。所有人都在睡觉，只有父亲永远清醒着。他以为。

可以不听不看，但是气味非闻不可。屈服下来，仅此一途，它只不过是股被意识到的臭味。忍耐一下，什么情况都会过去的。把女儿自墙壁前使唤过来，差遣她去把垃圾拿去丢。眉头皱起，像手屈收成的拳头，她不再如对待幼儿那样柔声细语。这个女人又硬又瘦，只要踮起脚，把手举得高到不能再高，就能把最上层架子上的东西拿下来。她需要再发号施令。

走出家门，女儿知道这会是个多短的片刻。不必走远，巷口就行了。差不多也是这时候，邻居会出来丢垃圾。袋口封紧，深怕那些在另一个屋中所搜集的垃圾，会像蝴蝶一样飞出来。看看人家都丢了些什么出来。那是输的一队的球帽、徽章、纪念衫和旗号。它们失去了将它们举起来挥舞的主人，她不想要捡起它们来。被丢出来的东西会好到哪去。

将手中的袋子抛下，它们沉没相依。眯起眼睛看，看入物与物之间的暗缝，睁大眼再看，这不像什么杂乱的垃圾堆了。她自始就没离开过那面墙，自面对它的那刻起。

现在，她面前这景象 ——夜空、巷沟、家门，看起来是那么扁平不立体。在她面前所竖起的任何景象，不知道为什么，总是让她穿不进去。

原载《联合文学》第十四卷第七期

泛 音

乐曲的磁力将她们从孤零零的桌椅间吸引过来。
叩下的这个和弦振响，
所有的音高混成一片，
浓浊的声音坠地，渐弱，
由有转无。

客房里只有该有的这几样东西 —— 桌椅和床，这恰好是腓力目前所仅需的。

　　第二天刚醒的时候，起初有一瞬间，他不确定这儿是何时何地。是很弱的意识使他觉得好像头浮出了水面，而身子还泡在梦中。深蓝色的天空在窗口，天色浓稠无法被树梢搅动。这是将天明了，或是要入夜了？都可能，腓力还没把生理时差调整过来。

　　然而只是一瞬间，他便马上记起了这一切来龙去脉，清醒地重返平常。桌上的乐谱有着一股墨水的气味，嗅着它，腓力的视线从窗口沉落到门板下的黑缝，那黑缝将好奇心吸引过去，要他今后记住，并且一次次地对它感到不在意。外头是走廊，人呢？静悄悄的。念书的时候，老师也是会让腓力住这儿。没有改变，留在这屋里的东西，永远都会这样的。

门没有上锁，万一有人冒失地闯入，那倒还挺有趣。不可能的事在脑子里头实现。门牢牢地被出口吸住。他最好赶快把老师的遗作补笔完成，然后离开，免得让师母添麻烦。可是这种事能多快，腓力也不敢显得对作品草率，或是把握十足，这该怎么做？细微的声响从门缝下传来，无法判断是什么，它们太短暂、太微弱了。

为避免打扰了客人，师母请媳妇把声音放轻。晚餐准备好时，她们还不确定腓力是在工作，还是补睡眠。有正经事要做的人，有权令人去捉摸。端了一盘鱼出来，厨门的珠帘摆碰，然后静止。抽油烟机的扇叶也静止了，顶楼水塔的马达也静止了，这空气中有着朝向宁静坠去的真实感。看见媳妇手臂上被热油溅到的一小点绯红，师母依然缄口地绕过餐桌，向客房走去。

站在门前，低头看着脚尖这道微明的光缝，她并没有马上敲门。听不出房里有什么声音。一个人醒着，哪可能不随便弄出点声音。脑中在想事情，一动也不动，过了一会儿，人就会有所变化，但是看起来……看有什么用？坐在台下的观众，静静地听了一个小时的演奏会，他们全体同时在各别的脑中想事情，想这些演奏家能领多少报酬？想这个曲子是作者想塑造什么概念。费解，那不被容许的杂音，都退缩到了哪去？手脚蜷收在身上，那想到了新事物的人，在那一刻起，他想要人人看出他的变化。忍耐着，等那个小时过去，他们又对心中的假设，有了更具体的明白。

　　往琴房走去，影子在阶梯上曲折蛇行，师母想要弹个曲子暖暖手指。如果腓力听见，他会看看几点钟了，如果没听见，那表示他真的很困。平常师母并不常弹琴，除非是指导学生练琴，才会示范几个小节，当然，她自己一个在家时弹不弹琴，没有人会知道。

　　“我不能弹了，太久没练习了。”她向大家都这么回答，后来大概是私下传开，所以也没有人再在合宜的时候请她弹了。根据长辈们的描述，师母的确曾在演奏技巧上维持相当的程度，听过的人都会好奇，这得一天花多少时间去练习才维持得住？而这再进步下去会成什么样子？幸好，结婚之后她正好有理由摆脱掉那个紧张的层次，取而代之的，是这同样需要一双巧手的家。家中包括三个儿子、丈夫的父亲和弟弟，他们的安适使师母不认为琴艺的减退是种损失，这顶多只是交换。同时，礼拜天替教会司琴，教教初学的孩子，也就成为她唯一弹琴的机会了。

那是很久以前的事了，它久得够使一项技艺从一个人身上减退。如今，这屋中只剩这对婆媳了，她们极容易只因屋中些许的不同，便感到十足的新鲜。才三天，这束腓力带来的百合，就已稍有垂萎了，也许从局部看不出来，但是将若干局部联合起来，远远望一眼，便能察觉到转变。那类似如此的细微转变，充满了四周。这筷子也该换了。许多洗不掉的脏污，就这么趁人的不注意，偷偷摸摸地累积着它的侵占，直到人放弃、丢掉那整件物品为止。"接下来就是椅套和杯垫了。"媳妇心中盘算着，她试着忆起，那是几年前买的，这又买了几年了。不过有些东西真的完全不记得怎么有的。

"这台榨汁机差不多用了三年了吧？"

"不止喽！"她回答媳妇，"起码五年了，这是校长那年新年送的。"

"我知道你说的，那次送的是烤面包机，果汁机是后来才买的。"媳妇肯定地说。师母知道自己记性不比年轻人，所以也就不辩了。

"这冰箱就绝对有五年以上的时间。"师母这么说，是因为媳妇在这里还住不到五年，五年以前的事，随她怎么说都对。也因此，师母并不喜欢更新屋里的东西，每一样东西都要使用到旧为止。家中自老师过世之后就少有座上客，她犯不着太过体面，只要不脏，降低物质水平不也是美德。媳妇领会了意思，便也接受了这想法。只是每当使用这些老旧的电器用品时，她就格外谨慎，心想，往后还有很长的日子要用它，不谨慎哪行。可是，一件器具的寿命终有期限，它不值得人去生情。钢琴的乐声如小船将水面犁开，细纹，一道道音波向所能传到的极限推去，推至这四周的器具的表面上。

当听到单独的琴声时，腓力正准备站起来。放下笔，照了一下镜子，看起来还好，一个钟头的歇睡而已。就像手中扶捉了什么（在失去平衡的反应下），腓力稳稳地听着钢琴声，朝它走近，自然而然地。一个听见乐曲声的人；他感到不实际。一种儿童常有的举动——拉着大人的衣角，硬是要朝某处走去，毫无戒心。门缝吞下了那一幕，看不完整，微启的房门，只能一只眼睛看进去。瞬间，又错离。走过窄廊，腓力感到自己见到了老师眼中的景象，那几乎将琴声掩闷起来的房门，阻断了某种得来不易的连接。他能使一件未完成的作品见天日吗？这企图可真不小，谁晓得它的面貌应该是什么样子？按照老师一贯的手法，腓力是可以使乐曲进行得合理，润饰的原则就是这样。可是，光是使乐曲显得进行合理有什么意义？也许老师想表现意料之外的突变，也许它太过高估了这件遗作的完成度。毕竟这不是腓力的作品，他怎么修补都觉得不对劲。一同坐下来，诚如腓力所要求，菜色并不丰美，他们三个人将一股轻松的气氛与灯光一同围住。腓力在想，要不要罢手？

看不出来。年纪、脾气、经历，从外表上看不出来的东西有多少？既然是老师的至交，那他必定有着某种本事。媳妇基于礼貌，不敢知道人家的来历太多，可是，看着一个生客在屋里与她们共处了几天，感觉上总是怪怪的。与其说是轻松，不如说目中无人。不晓得，她有时候还真希望拥有什么能让人觊觎的东西。不够看，见过了多少新奇的、壮观的东西后，这里哪还会有揪住目光的东西。

交谈从餐桌上延续到了琴房，腓力把结尾部分重改后的十七个小节给她看，她似乎很满意，但是师母自始便一直采这个反应，这使得腓力觉得她不热中于作品，甚至对明年校方为老师办的纪念音乐会不在乎。但是，说反对又好像没那个意思，何况师母答应参与首演。站在他的右后方，师母看他弹奏时手指猛敲那些音，和弹这些音所需的指法，心里感到熟悉而意外，但是这种亲切令她觉得不自在。

转动手腕上的银镯子，师母又点了个头，她明白这么写的用意，这不难，但她就是办不到。她何必办得到？她洗过一千次以上的衣服，那不比写下这一刻腓力所敲出的音乐更难吗？老师样样事都会一说再说，对她，唯独关于作曲是只字不提，那一部分差不多全对腓力说了。他们并肩而行，走得离藤椅远远的，好像那两张椅子是他们被施咒变成的。树荫摆脱了那两张椅子之后，派了一只水蚁，投入扶手上的那杯茶水中，溺死。黄昏时他们返回，晚餐后，又并肩进入琴房。他们在作曲。

只有腓力能胜任补笔的工作，就像一个婴孩只认一个母亲一样。就算师母摇头，他也不见得有必要采纳。在作品之前，她就是听众，坐在暗处对它心领神会一番。间断的乐句传出来。在屋里到处都听得见。那击响的弦，充分地振动着，重复、修正。到时候就知道了。自从学得了这项才能，那秘密中进行着的工作就没停过。电灯亮到隔日天亮，因为不知不觉中睡着了。这绝不罢休的、伴随至他的时间终了的声音，要使她变成旁听者，使她对此感到是一种美感。

非要有信心不可，相信自己足以真实地使想象力从他们之间到达彼处，那儿是另一群人，他们这一类人不同于其他人，就像医院里的人，和医院之外的人完全不同。在他们身上似乎有着一个仓库，那儿有专供他们摆放那些私下自己抱得紧紧的、但见到人就收起来的东西的空间，腓力没注意到媳妇也走近过来，弹奏钢琴时，他看起来就像是徒手掐着一只活蹦乱跳的禽畜，挣扎到断气时，乐曲就结束了。她们袖手旁观，然后从注意力中获释，各人拿各人的茶杯，回个人的房间，他们需要回到安静的时刻，去看屋内的各种对称的直线。那长镜的四边，夹在门与框之间的四边，又硬又直。他们聚集、分散，将身影掠过一道道直线。

白过了那些日子，腓力没想到自己和师母并不熟，哪些话是他们曾谈过的？没有别的，就是这一趟至此的目的，要求一个人面面俱到是不合情理的，他这辈子大部分时间都是独自一个人，在琴房里反复地弹着枯燥的练习曲，偶尔才站起来休息五分钟，喝一杯水，同时看看窗外同年纪的孩子在掷球。为了有助于自己忍耐寂寞，他得一直告诉自己：将来有一天会如何如何，使得那样的处境能再过得下去。他这类人注定要同病相怜的，不管对方在脾气上有什么缺陷，他们只互相望了一眼，即可缠住对方。腓力想不出该说些什么适合在闲坐时说的话。

也许那都是多余的，看她明白了多少事的样子，谁都休想隐瞒，是她陪老师过完最后那些时光，她不可能对于遗作一无所知。经过师母同意后，他们进了书房，找出老师的日记，腓力逐页翻阅，看着这一个个日期下的寥寥几行字，他觉得难过。烧好了热水，媳妇告诉他们可以洗澡了，但是他们似乎不愿被其他事打断情绪。有某种进行着的念头在控制他们整个人，就像小狗咬上了一根大骨头，紧咬不放，或者是，当见到了骨头的瞬间，它们才惊觉自己是只狗。不了，他们真正需要的，任谁也给不了，师母要自己去决定要不要对缺乏协助提出请求，谁都不该低估她活过的年岁。奇怪，难道腓力没有值得她提及的地方？一点也不麻烦，他们放心地在无常的舒适中冒险，她相信媳妇远比这排列在时序中的活动更善于做主。也许某一天中午，她们会不吃午餐，而去店里挑选特价中的衣服。

完全合身。客人在，穿得体面一些才好。媳妇很满意自己为老人家挑的这件白色毛线衫，连腓力刚才在餐桌上也这么说。从别人眼中看来，这些她所见到的习以为常视野，质疑起了她们的观感。这里有着五年前所闪现过的片刻，当乐曲从纸上曲曲弯弯的符号，变成了击响了的声音，就仿佛老师在这里，他背对面向他的每个人，表达出一种肯定的语气，他们听见了，在这逗留不去的片刻中。

腓力读到日记上写道：要以打击乐声部做轴心，不打不成器，也许曲名就叫"成器"。愈来愈觉得"无声"

是个像石材般的"东西"，每个音奏出，都是对无声的雕琢。弦乐声部也要"打击"化。活着就是建立在不断侵占某样东西的基础上，那东西是什么？我们是无心的、无辜的。七月十三日晴天。

他的手指跟着谱线走，当乐曲进入弱音的段落时，师母听见了浴室里的泼水声。这个乐段是在小提琴上，一丝丝细细的高音，可以想象得出来，为表现出这样的声响，演奏者必须如何用指尖轻触着弦，然后神经质地擦出高音，那只持弓的手，百分之百地服从着要求。以他们的技巧而言，再难上十倍也行。

太苛求了，师母的记性很差，怎么可能记得当时老师有没有提到日记上所写的，她摇摇头，一脸对自己疑惑的神情，她要走去哪里？有时候明明没事，她也以为是否忘记了什么事。深怕是水龙头或瓦斯炉忘了关，但是为了求心安，她还是习惯亲自巡巡。有时要走遍屋子才找得到。把门窗锁好。腓力也准备回客房了，他继续进行可以不在钢琴前写的部分。师母看着每样物品，回想是不是刚才想要拿什么，忘记了，如果没有一件物品需要伸手去拿，她会走到何时？如果问她在找什么，她会立刻放弃，不找了。媳妇由她去走，自己回房了。

师母在仓库里，看着陈列架上的用品，她有点搞糊涂了，因为她有太多次这样站在这儿，拿了一百次的果汁机，一百次的磨刀石，而现在又是什么？每一次都是这样。

掏出口袋里的小记事册，她想相信它。上面记的事能给她印象：钢琴要调律了、台灯要送修、樟脑要换新。翻过另一页，差不多也是这类注记。这些简单的事一旦记在纸上，它们就显得烦人而无趣。有时，她干脆不记了。

可是动怒也没有用，缺损的事实还是逃避不了。师母想说若把需求减少，大概失望就会少一些，她可以不用台灯，看报到院子就行了。可是当需求减少，相对对仅有的几样东西，又依赖得很。有一次她找不到放大镜，气得把报纸扔到地上。她已经这么瘦小了，还要被说"借过"。她觉得这满仓库里的物品，样样都在雕琢她，将她这里一凿、那里一凿地造就她，成为这个样子（记事册没告诉她现在该做什么），伸出手，她拿起了面前的做成御林军娃娃的尘掸子，也许明天会用得着，看见就会去使用的。在客厅，他们看见彼此，毫无困难。她讨厌人家看见她的——像一只海鸥似的——上唇，好像那是别人的目光捏塑出来的。凡事只有接受一途，包括那些琴弦上所发出的、又细又轻的高音，该满意了吧，或者，它还能再更淡、更禁不起失误。

　　小心地剪着指甲。师母从来未曾留过指甲，这样她的手指才能像活虾的腿般，灵活地在琴键上勾动。指尖——这身体的最边界，常令她在单独时感到遥远，仿佛到不了那里，既然到不了，那也就不要去了。她见过的人那么多，但认识的却那么少。他们具有成为她能认识的人的条件，像腓力。师母不舍得使来到她身旁的人感到不悦。一个人怎能给她形形色色的感受，而她又怎能把一个人当作形形色色的人群来感受？离腓力远远的，她自己就绰有余裕了——对于应付这如断树般劈倒下来的巨响。这是从哪来的巨响？是无数的低语齐汇，或是一个至尊的叹息？音乐荡成波潮，迎面而来，隆起、伏拜，像失眠者的盖被的皱褶，展平、屈缩，与整个人完全贴合。

虽然腓力是使她回忆起了一些旧事，但是这反而只会使师母感到自己忘过了多少。

摊开手掌，垂放在腿上，一切都准备好了，放轻松，三分钟之后，音乐会就要准时开始了。这是作品首演。

灯光衰暗下来，台下观众阖上节目单，舞台上投着热亮亮的灯光，乐手们行礼后就座，掌声歇止，随时都可以开始了，但是还没。

聚精会神起来，大家在安静之中，感到继续再安静下去了的层次，在缄口之后，还有其他细微的声音，然后坐定不动之后，又有更细微的声音，直到完全安静无声。这无声的时间很短很短，它一产生就是要被乐曲破坏。帅母向腓力点了个头。一旦开始就要到结束为止。这一个没有声的瞬间，感觉很严肃、很巨大，而且它是尾随在极小声后到来，它没有时间与大小，它是一条界线，是由音乐所越过的东西。生前，老师曾这么思想过。

然后乐曲开始演奏，然后演奏完毕。

他一心所期望的就是如此。走出客房，腓力自然地向远处看去。舒展着在桌前压了一个早上的视野。对面楼顶所搭建的鸽舍、雨篷，遥遥地向他提示未到来的遭遇。

不灭的力量，在他身上，将他的处境继续维持下去，哪怕之前怎么和自己过不去，最后还是会不知不觉地度过，并且轻视那逝去的，理所当然地掌握起面前的局势。腓力认为，就某个程度而言，他的工作可以说是完成了，这是在这里的第四天，他想明天早上要走。

还有一年的时间可供排练，也许到时候还会修改，也许首演后又会修改，他不能确定怎么样才是乐曲最终的面貌。

别了一只胸针，穿上毛袜，师母在等下午要来上钢琴课的孩子们。她在院子欣赏自己所栽培的那盆文心兰。身为一个她这样子的人 ——弯着腰，满意地凑近花朵，细细观看 ——到底还会信服什么事？往后多的是这样的时候，但是它的发生永远像是第一次，第一次对这花瓣的黄褐色施以悦然的目光，把这能够这般对待的时刻，对待得仿佛它值得这么做，没有别的可能性，就像这根本是个任人随意宰制的世界，某一天她没有丈夫可以去帮助他成功了，她便蹲下身子，谨慎地用手指松动土壤，变更了一种一贯的宗旨，然后像滚雪球一样，使自己饱满起来，吸取自己所辗过的事物。她知不知道陪她消磨时间的人，可一点期望都没有；她正在含蓄地侵入这空洞的核心。一件被死亡所打断的作品，僵硬地静止在世上，破碎而缄默，师母淡淡地存活在眼中黄褐色的兰花前，直到孩子们把她引开，这一刻才又安然度过。

那是一对双胞胎姐妹，她们带给师母愉快，但她却带给两姐妹痛苦。如果一问起，为什么要学琴？她会说：以后就知道了。以后——那充满了幻想的代称。它并非真的有说服力，而是因为孩子没那个智力去穷究，话一说完她们就不在意了。

初学的基础是最重要的阶段，她如此相信，而受她指导过的孩子，将她的经验带出了屋子，一看就知道这是谁的学生，但是他们之中没有一个人像师母一样，像她一样讨厌被赞美，被形容成某件乐曲。这溢满情绪的激动与她何干？

心中怀想着这件乐曲时，腓力常感到一种出于要求的不安，似乎只有在得到老师的评审后才能消除掉。他不安地将心思悬于零零碎碎的声响中，若没有人与他接触，那这一些脑中音韵，就会不断和外在的形象联结在一块，将自己所认定的想法，一样样取走。

按照乐谱，学生拼命地想弹得正确，于是她反复地重弹同一个乐句，要没有错误真难，她咬紧牙关、不厌其烦，好像在说：你们看着好了，将来有一天如何如何的时候……。她不确定怎样是弹对了，反正都没有错，就是对了。她们练琴的时候，简直像是在钢索上行走，那正确的弹奏是多么地细窄的路。

跟上这漫长的行队，思索着所错过的辽阔，望着前者的后脑勺，他明白非得珍惜这个下午，难得空闲的下午，这太稀罕了。他想用某种方法，轻松地揽获他该得的赏赐。这是他的曲谱、他的甲壳与翅膀，这是他自找的。

不必有人来告诉她们，何时该怎么做，她们自然就会，不论是在教课，或只是聆听，看起来总是那么流利，好像事先曾经排演过了好几次。他搁下谱，走到她们附近，倚着门框，他感到自己既虚弱又虚伪，脸上的表情生动不起来，而且没有人在意他这样下去。

这堂课还没下课，下一堂的学生就来了，他们坐在母亲身旁，背着谱，手指放在大腿上练弹。每次都要有所斩获，短短的一堂课。走出大门，他们又变得有点不同了。

天空慢慢地用深深的湛蓝色，将他从窗前赶走。媳妇下班回来了。她的腿细长而有力，踏上阶梯，轻快不费力。

背对着与她无关的事，她在厨房，切着某种必须使劲切的东西（这只有她做得来），像是个打着小鼓的鼓手，胆大而心细。一种庞然的生活在她们的举止中展开了，他屏气凝神，无言以对。老师这时候扶住了桌角，坐在灯光下，取出了抽屉里的日记本，写下了他刚刚产生的一些想法——关于那件他大概没有办法再去写的乐曲；每当他一想拿出来写，就觉得自己没有办法写完的乐曲。他没有勇气去看它走向哪样的结尾。这件荒废下来的曲谱，一定会打消读懂它的人的盛情，不必了，不会有人从这片衰残中生得什么信念的，不会的，即使是他最亲信的人。

台下的观众鼓掌，腓力放下提琴，牵着师母的手，与所有合奏家一同鞠躬。

和最初的印象一样，她相信腓力做得到。乐曲的磁力将她们从孤零零的桌椅间吸引过来。叩下的这个和弦振响，所有的音高混成一片，浓浊的声音坠地，渐弱，由有转无。将手收回来。他们看着窗前正好亮起的路灯。

"天快要黑了。"媳妇说。

"这附近好安静。"腓力说。

师母没有回应。

三个想象的故事

上帝的内在存在着两个声音，

一个是男性的，

一个则是女性的。

这两个声音和谐地对话着，

无穷无尽，

但只止于内在。

两半

　　我所以恨恶生命，因为在日光之下所行的事我都以为烦恼，都是虚空，都是捕风。

　　　　　　　　　　——节自《旧约圣经》

　　起初，上帝是个灵，一个看不见、摸不着的灵。他独自在一片空无的宇宙中沉思着，想着自己。

　　上帝的内在存在着两个声音，一个是男性的，一个则是女性的。这两个声音和谐地对话着，无穷无尽，但只止于内在。

直到有一天，男性的声音说：我必须行创造，以彰显我完美。可是女性的声音却回应说：有始必有其终，创造即是毁灭。接着，对话中止了下来，上帝不知该听从哪一方；他想在空无的黑暗中有所创造，但是又想永远保持这黑暗。不过既然念头已经生成，便无法收回了，于是，灵体骚动了起来。

这空无的黑暗激发出上帝的创意与想象，渐渐地，那个想要有所作为的部分，开始壮大了起来——他只不过是想借由创造来了解自己——同时，那个反对的声音却相对地微弱了下去。

很快地，一个"世界"的意象具体浮现在上帝的脑海中，最后，灵体终于分裂成了两半，强的那部分形成男上帝，弱小的那部分脱落成女上帝。这两个不完整的上帝，分处两地，一个无端被抛弃在宇宙边缘，一位则意志坚定地准备开始创造世界。

花了五日，男上帝以他无比的大能造出了世界。当第六日他满意地俯瞰世界时，在大地上，他看见了自己阳刚魁梧的影子，突然灵机一动，他想生活在世界中，所以便将自己的影子造成了一个男人，他想透过这男人的感受来体验自己的创造。可是当这男人睁开眼睛时，他发现这人与自己一样有智慧，他怕这人会用智慧破坏世界，他深知智慧具有多大的力量，而这力量若落在人手上，那有多危险。于是，男上帝将这男人的智慧取出，埋在土中，不料，才埋入，那处便长出一棵果树，而所结的果实正是智慧。男上帝发现后心想，若把智慧果丢掉，那种子又会长出更多树，所以他唯一能避免使人有智慧的方法，就是禁止人类去吃它。此外，为了使人类能和其他生物一样繁衍，他又不得不造了一个女人。这样，他总算满意了自己所做的一切。第七日，他罢手休息了。

另一方面，度过寂寥而漫长的七天，女上帝还留在黑暗中，什么也不做。她孤单地哭泣着，不知如何是好，她感到自己残缺而虚弱，心中的悲伤，一日日地逐渐转化成愤怒。她不满于男上帝为了创造的念头，而破坏了自身灵体的完美与永恒，及宇宙原始的空无。心中的仇恨蒙蔽了她的思想，并且使她邪恶起来。于是就在第七日，女上帝变成了一个魔鬼。她决定要报复，要去破坏男上帝的作品。

在飞向世界的路途中，魔鬼小心地避开了众天使，她化作陨石、闪电，偷偷地潜入。刚踏上这个美丽而真实的世界时，魔鬼十分着迷，几乎不敢相信自己所要破坏的就是这一切。但是也正因为感动是那么深，所以憎恨也才有那么深。

那时候正好上帝在给予人类警告，所以魔鬼便化成了一条蛇，悄悄匍匐在草丛间，好奇地接近他们。

魔鬼听见那个熟悉的声音说：你们可以随意吃各种果实，唯独这棵果树所结的果实不可以吃，切记，你们要守这规定，莫使我失望。

听完上帝的警告，人类心怀敬畏地牢记着。同时，魔鬼的心中突然产生了一个阴谋。

计画正在进行中。这一天，当女人独自摘采着野果的时候，魔鬼以蛇的形象出现在她身边。女人看见蛇向她说话时，一点也不害怕，因为她觉得它的声音和自己一样温柔，何况她不晓得世上会有邪恶和魔鬼。蛇说话的声音使女人觉得那是自己心中的低语。她毫无防备。

魔鬼想说服女人去吃那个藏有智慧的果实，她很快就被欺骗了，因为这个女人是如此善良、纯朴，而魔鬼又是那么聪明、邪恶。她误信上帝是为了教人有好奇心，所以才施以警告来作为鼓励的手段。

最后，她真的无辜地上了当，吃得了智慧，从那一刻起，她有了思想，意识到了自我，她开始以理性来观察四周，并且沉思了起来。她感到不快乐了。这下子，魔鬼才感到快乐。

明白自己犯下罪行后，她很清楚他们将遭遇到什么。她不责怪任何一方，事情已经发生，只有承担下来一途可行。于是她不得已地将智慧之果交给不知情的丈夫吃下。唯有如此，他们才能在神怒之后，凭自己的智慧自力更生。在这条犯罪的不归路上，他们不能分离。

得知两人违反了规定后，男上帝怒冲冲地命令大天使，马上将这两人驱逐出他的视野，可是没有一处是他看不到的，于是只能闭目。从此人离开了纯真与沃土，开始在艰苦中自食其力。

忍不住看了一眼他们的背影后，男上帝闭目静思。他不明白，他们哪来的心智去破坏他的设计？为什么完美中尚有瑕疵？他自己也是如此吗？他沉思着所有疑问。在脑海中，他已经预见到人类此一离去后，将如何主宰整个世界，直到毁灭这一切为止。男上帝在闭目静思时，感到好像重回到一切尚未发生之前的黑暗里。隐约中，他霎时忆起了一句话：创造即是毁灭。他不知道那个声音如今何在？这一刻，他感到自己曾经失去了什么似的，感到羞愧与欠缺。于是，他试着离开世界，去寻找那另一个部分。

不过纵使他有这般大能，他所欲溯寻的那部分，却早已不复存在了。徒劳地往返于宇宙中，男上帝头一次感到虚弱，他心中很后悔自己将挫折迁怒于人类，后悔自己断然驱逐他们，使他们的后代替他的过失受苦受难，虽然这是情非得已。奇怪的是，那对人类并没有感到自己被驱逐，相反的，他们感到是自己弃离了上帝，求得了解脱。

这重重的失落，使得男上帝羞愤至极，他决定要将诱骗人类犯错的魔鬼消灭泄恨。他根本没料到魔鬼是从何而来的，一返回世界，他立刻将魔鬼自蛇身上揪出，用雷电将毫不抵抗的魔鬼烧成灰烬。可是魔鬼并不会因死亡而消失，事实上，魔鬼早已被人类带走，他们的知识在哪，魔鬼也就在哪。

男上帝并不知道自己所杀死的，正是自己所寻找的，他终日思念着那个记忆中的声音，并且观看着人们，他期望有一天他们能放弃所知所思，天真地重回他的身边做伴，可惜事实并不如愿，他预见的血腥才是真相。

经过一段很长的时光，世界果真被罪恶所毁，男上帝彻底幻灭了，他退回到空无中，独自绝望地悲泣着。这时候，魔鬼的魂魄从焦黑的世界中飘出。魔鬼在得胜后丧失了生命，又变回成女上帝，她来到男上帝身边安慰他。

"到底发生了什么事？"男上帝说。

"没事了，都过去了。"女上帝说。他们于是在互相对话中再度结合，结合成一个灵。

祭春

> 春日在天涯，天涯日又斜。莺啼若有泪，为湿最高花。

——选自中国唐诗

从前，在一片汪洋大海上，有一个小岛，岛上住着一支纯朴的小部族。

他们日出而作，日入而息，辛勤地耕种捕鱼，大家彼此互相照顾，敬畏着自然的无常与恩赐。

就在某一个初春时节的早晨，族长与长老们在石屋中议论着一件事，族长表示，这一连三年的冬季，显然比往年都来得更早，而且是又长又寒冷，长老们也表示有同感。他们这辈子从未经历过这般恶劣的天候，不晓得这究竟是为什么？再这么下去的话，恐怕族人会全体都在挨饿受冻中度日，他们愈想愈担心，可是大家却一点办法也没有。

正当他们低头思索时，坐在炉火旁的巫师，仿佛从火焰中看到了什么异象，他转过身来，把族长招到角落，很慎重地告诉他，族人必须向天神献祭，这样才能平息天神的愤怒。族长听巫师回忆从前，的确，上一次岛上献祭已经是十几年前的事了，那次献祭之后，他们享有了十年的丰衣足食。族长在束手无策之际，很自然地采纳了这个道理。而献祭的提议，很快地也就减轻了长老们的焦虑。

接下来的问题是，他们该要献上什么祭品？以往族里都是以食物、牲畜为祭品，但是他们想，这三年的寒害是那么严重，那似乎不是简单几样财产就能打发掉的，他们深怕显得不够诚意、不够畏惧，所以，这个好办法又给了长老们新的焦虑。

依照巫师求来的指示，他们必须献上他们心目中最有价值的东西。所谓最有价值的东西，也就等于是最舍不得失去的东西。他们毫不考虑地就回答巫师：是生命。而生命中最可贵的，就是妇女和小孩。讨论了许多后，他们还是不确定该派妇女还是小孩，最后，巫师想到了更好的对象，就是少女。少女是小孩，也将是妇女，她具有生育力，而且还是处女之身，这正符合他们认为"贵重"的标准。

而在众多少女之中，莎莎早就是族人公认，长得最美丽的一位。长老们心里有数，但是没有人开口先提，直到族长说道：

"族里的每个少女，都是我舍不得损失的，你们看像莎莎，这么美丽的女孩子。"

"能够为所有族人的命运牺牲，那是多大的荣誉，只有像莎莎这么美丽的少女，才配得这样的尊敬。"巫师说完，长老们立刻同声附议。

莎莎是工匠的女儿，从小与父亲两人相依为命，父亲造船，她就去海边，父亲造鼓，她便跟随上山。长大后，她和其他女孩一同学习妇女们的活儿。

得知女儿将在明年春天被献祭天神，父亲十分伤心，他对此决议不敢有所怀疑，但是每当想到自己将失去唯一的亲人时，便不禁放下手上的工具，抬头望着苍天，口中喃喃地低诉心中的苦闷。

满心忧愁地看着女儿吃东西、缝布裙，他不想使女儿感到离别的痛苦，所以也只好装作平静，他不晓得女儿也是为了怕父亲悲伤，因此装作平静。这样的情绪，到了夜晚时，更加强烈。父亲在感叹之余，一心想要找办法挽救莎莎的命运，他彻夜无法入眠，而且也不敢向任何人谈到心中的忧愁。白天，他精神恍恍惚惚地继续手上的工作，午后，当他听到孩子们的嬉笑声时，内心最是难过，毕竟莎莎还太年轻，她那么活泼而美丽，这年纪不适合她死去。

在一个仲夏的夜晚，父亲依旧辗转难眠，这一次他决定要去对面木屋里，把女儿叫醒，告诉她父亲的心里有多么不忍失去她。小心地潜入木屋，他不知道这十几个女孩中，哪个是莎莎。幸好，同样未入睡的莎莎，听到了脚步声，猛然坐起一看，他们才得以认出对方。

为了避免说话声惊动了别人，父亲将她领至不远的海岸边。凄凉的海风吹拂着他们，他们都有话要说，但似乎那些话正是对方也要说的。没想到在这可以说话的暗穴中，他们反而哑口无言了。听着一波波隆隆作响的浪涛声，他们恐惧地拥抱在一起，这时候，父亲心想，如果莎莎不是处女，那就绝对不会成为祭品了。于是，他在抱着莎莎成熟的身体时，奸污了她。

对于自己的罪行，父亲很痛苦，但想到能救女儿的性命，他的痛苦便忍受了下来。

距离祭神的日子是越来越近了，今年天候依旧严寒，而莎莎腹中胎儿也渐渐成形。果然，就在冬季末了的时候，照顾女孩子们的妇人，发现莎莎失了贞洁，而且怀有身孕。这消息不待天亮，妇人便即刻通报了巫师，当时巫师正在和壮丁们围着火堆起舞，他很生气地命妇人将莎莎带来问话。独自来到巫师面前，莎莎十分害怕地沉默着，不管巫师问她多少次，她都只说不知道，看着壮汉的四肢模仿着火焰的姿态舞动，她恐惧得掩面而泣，她知道，如果说出来，父亲必定会遭杀害。表情气愤的巫师将莎莎赶回去后，他独自对着火焰施法，看看天神是要捉出罪人一并献上，或是要另找别的少女。可是才过没多久，火焰便突然熄弱，巫师一看，不妙，原来莎莎跑去投海自尽了。

隔日天亮，族人们还不知道莎莎出了什么意外。可是就在这早晨，整个天空忽然晴朗了起来，从海上吹来的，竟然是温暖的和风，大家发现，好像春天就这么到来了，许久以来的严寒逐退，族人们的心情也马上由愁转为喜悦，大家在艳阳下跃动着手足，唯独莎莎的父亲例外。他看着蓝天与碧海，心中有的只是无尽的哀恸。

自爱

……我是伤口和刀子！我是耳光和脸颊！我是四肢和车轮刑架，是受害者和刽子手！我是我内心的吸血鬼……。

————节自法国诗

从前，有一个很孝顺的女儿，她省吃俭用，为的就是要存钱为母亲请大夫医病。莉莉的母亲患的是种罕见的病，这乡间上的大夫，都诊断不出病因。其中有一个老大夫，干脆建议她去北方的一个小镇，那儿住着一位神医，他也许能够给她们一线希望。这么建议并非只为她好，老大夫自己也想借机从神医那儿间接学两招。

莉莉担心母亲承受不了旅途的折腾，所以便独自与家人告别，带着钱出发寻访名医去了。在过程中听闻这位神医确实医术高超，可是两年前已经去世了，他将产业和经验传给了独生子，原本儿子也是用心研习，但是父亲死去之后，二世在伤心之余，竟然变得自甘堕落了。他将诊所大门锁上，终日只是喝酒、赌钱，一点也不像二十岁的年轻人，更不像从前的自己。他不懂，父亲的医术那么好，救过那么多人，怎么自己还是不免一死。

几日之后，莉莉来到了镇上。找了一家食馆子，吃了午餐，她就向店主询问大夫的住所，问得的答复令莉莉很沮丧，但是已经来了，她还是把希望放在二世身上，既然他们年纪相仿，他又受过丧父之痛，应该会帮助她才对。

听到敲门声，二世从床上醒来，满心不悦地继续躺着，毫不理会人家。昨夜，二世赌输了钱，而酒精又害他头疼，现在，别说请他救人，他还想打人出气呢。可是敲门声偏偏又不饶人，这下子二世终于忍不住了，他倒想看看是谁，是什么事让人那么有耐性。

从后门绕到大门前，二世着莉莉是个外地人，直觉就猜对了她的来意，所以没问人家就直说："这里不看病，你另请高明吧。"莉莉不接受他的敷衍，硬是要二世听她把请求说完，他当作自己又聋又瞎，只顾走回屋内，连手都懒得向莉莉挥摇。这样预料不到的情况令她很沮丧，心想，这样的人就算有意愿，恐怕也没医术可信。所以，莉莉回到食馆子去，准备歇息一会，傍晚之前就启程返家。

对于莉莉的遭遇，店主的妻子表示同情，而对于二世的恶劣与失礼则感到惭愧。提起从前，他们记忆中的二世，曾是个好人，从小就随着父亲到外地行医，见过不少情况，没想到怎么现在会有这种转变？他一个人过生活，没人管教得了他。

莉莉当时心想，这人本性应当不坏，或许他多少能提供一些协助，于是决定再去请求一次。店主虽然不愿嘲笑莉莉做梦，但是还是劝她直接去赌场找他，免得多跑一趟。

朝着烟味与酒味走去，她很快就找到赌场了。当时二世正在和一个独眼大汉对赌。这个雇工不是本地人，他凭着壮硕的体格，四处游荡受雇，一方面为了长见识，一方面则是躲缉捕。二世看他大概有勇无谋，结果真的一直赌赢，他并不知道独眼的钱一向来路不当，赢不得的。看见他意兴风发，莉莉便上前去找他。二世那时候正赢钱，对于打扰最是忌讳，所以他又再一次拒绝了人家，并且狂傲地羞辱了她一顿。

"你说你带了钱，那有比我现在玩一把所下的注多吗？哼，生老病死人之常情，把钱省下来买一顿山珍海味吃还实际一点。"莉莉一听，很难过地转身就要走，但她奉劝了二世一下：

"如果你认为别人和你一样憎恶自己，那你何不干脆对别人友善，这样还比较残忍。"

"我又赢了！"二世不想听懂她的话。就在莉莉离开之后不久，独眼已经把钱全输光了，他内心气愤无比，把空酒瓶往外墙一砸，便走到街上闲逛。他从没输得这么彻底过，几乎没有办法消泄满腔的恼怒。

这时候，独眼看见莉莉一个人正往出镇的坡路走去，于是跟踪了她。记得她向二世说她带了一笔钱，独眼马上狠起心来，就在四下无人的路上，抢了莉莉的钱，并且杀她灭口。不料，当时保安官和巡警正打从邻镇回来，恰好撞见独眼在路旁弃尸，于是立刻将他制伏逮捕。回到局里之后，这件可怕的谋杀，马上传到了镇民的耳中，他们纷纷议论着这案子，因为这里已经很久没有谋杀案发生了，他们的结论是——幸好凶手和死者都不是本地人。

赢了一大笔钱的二世，才刚满心欢喜地来到酒馆，就听到了这件消息。那刻，他心情突然陷入莫名的难过，手上的第一杯还没喝完，他就匆匆回到家中，伤心地卧在床上。二世想着自己为何这般自责。他拒绝了莉莉，又使独眼赌输生气，他内心顿时充满了悔恨，想起死者曾对他说的话，想起自己的态度，那一夜二世无法成眠。

接下来几天，有些镇民来到局前，激动地表示要将独眼就地处死，各种刑法都有人提，大家都想借机看看哪种刑法比较痛苦，有人则建议每种刑都来一下，才能作比较。他们把见过独眼的人都找来问话，包括狱卒，听听他是个什么样的人。有人说他的左眼是装瞎的，有人说他见过独眼生吃幼禽，见过他吐出火球，什么想象都有。也有人咬定，最近镇上的涂鸦，都是他画的，大家想想也似乎没有不合理的地方。狱卒对独眼绘声绘影的功夫更是到家，他一直都想要有演说的机会，所以围着他的人越多，他的经历就变得越多可讲。

局里的人也没闲着，他们对独眼说教、问话，直到他答得令人心满意足为止。起先，独眼相当不合作，完全缄口，后来大概是被问烦了，所以才敷衍几句。

"说！你为什么忍心为了一点钱，就杀死一个那么单纯、善良的姑娘？"

"因为我内心邪恶、自卑，然后缺乏深思熟虑，都是我的错，我后悔、羞耻。"独眼这么说，大家认为他想讨好才这么说的，太狡猾了，于是动手打起他来。外头的人听到哀嚎后，才撤离散去。

距离独眼要被绞死前两天，二世做了一个计画，就连他自己也不明白原因，总之，他一心想要这么做。深夜的时候，二世带着一大笔钱去找局长，他表示要向局长暗中把独眼买走，提起原因，二世说自己要用活人做新药的测试，以及解剖研究。局长一想，同样是死，若有人捞到好处，也算造福了。于是当夜就完成了交易。问题是，隔日怎么向镇民交代？容易，只要请分到钱的狱卒，在顶楼起一堆大火烧烧，人家一问，就说独眼自杀了，尸体烧了。于是这事情便有了了结，大家虽然看不到绞首，但看看烧尸也算聊胜于无了。

　　将独眼带回去后，二世依然不解下他的蒙眼，并且把他链锁在存放药材的地窖。从此以后，独眼便在这个他不知道是哪的地方，永久地住下去。在这里，他天天被二世虐待，吃尽苦头，生不如死。同时，二世又很照顾他，喂他吃喝，替他疗伤。由于二世从不向他说话，而他又已经双目失明，所以他一直以为，打他的和照料他的，是两个不同的人。

　　此外，白天的时候，二世锁上地窖，诊所重新开业，他戒赌戒酒，对求诊的病患无一不竭尽心力，而另外他也开始整理起父亲所遗留的研究。可是一到了晚上，二世便凶残地凌虐起了独眼。对于他，二世有一种依赖。每当打他的时候，二世就觉得自己是在爱着莉莉，他不认识自己所爱的那个人，但是只要他拥有独眼，他就感到她的鬼魂在爱着他。而且，二世绝不让独眼死去，他要他永远活在痛苦中，他要永远守在他身边。

过了很久之后，独眼终于还是病死在阴冷的地窖中。二世悲伤地坐在他的尸体旁，怎么也摇不醒他。当烛火燃尽时，在漆黑之中，二世看见了莉莉的鬼魂，她温柔地伏了下来，并且把冰冷的体温，传到了他的手心。

原载《联合文学》第十四卷第十期

触 景

我们在雷声中惊颤，
心脏发麻，
我们像挥舞着一支大旗般吃力地呼吸着，
深怕那旗子一停止扬展，
一垂皱，
我们就会失去手中这把爽朗的大旗。

景一

　　哑剧，这必定是出哑剧，打从心底一开始就这么认为，否则还可能会是什么。公园的讲台，这容得下一个小乐团的高台上，就在中央，站着一个女人，她轻松地站着，目中无人地独自在那儿。她大概是在练胆子，准备即将初次代表某个单位去上台讲话。不一定，也许这就只是出默剧，一个戏剧系的学生的游戏，不必太认真。

　　并非所有恰好坐在台下一排排长板凳上的人都这么想，他们只是稍稍把手中的早报和早餐放低一下，瞧她一眼；有的人则只顾读着报上一行行细小的字，根本不理会别人在做什么，反正不会影响到他们读报的事。本来公园里就是聚集着无事的人，何况这是星期天，讲台上常常都会有表演，没有表演也会有小孩子在上面追来追去、推来推去的。

但是这个女人不一样。不知道从什么时候开始，她就站在台上了，而有人注意起她了？

没有该去小题大做地求证一番的必要，顶多她是个公园里常见的疯子，等一下就会离开的。看了一会儿，见她不做任何动作，他们有的继续把视线收回到报纸上，有的则换到别处去坐。

他们都很清楚，不晓得是怎么得知的，连稍微看看报纸的上侧都不必，就确知这是个星期天。他们确知的事可多了，他们知道钨的原子量是多少、知道如何能够去得知钨的原子量是多少、知道明天是星期一。这是常识，一种从三岁起就拥有，谁都夺不走，一直陪伴人到死为止的东西，例如：一星期有七天。这亘古不变的常识已经稳若盘石，并供人信赖、依赖，以便能处之泰然。

于是，这天早上他们醒来，完全知道要做什么通常的事。通常，星期天就是要他们这样——去买一份早餐和报纸，把脏衣服丢到洗衣店，把自己丢到公园。

可是他们从没打算过要怎么去目睹一件怪事。既然是怪事，那就不合情理，做不了准备的。看着那女人站了好一会儿，其中有人觉得不太对劲了。以疯子而言，她太过镇定；就演员来说，则又缺乏魅力。他必须不再去思索如何对此提出解释，他们都见过自己一生绝不肯做一下，而别人却乐在其中的事。本来世事就不是为了合乎情理存在的。

目中无人，她看起来与其说是高傲，不如说是麻木。她的神情朴素地远眺着，仿佛这四周不是舞台、不是公园，而是一片荒漠或汪洋。她感到自己很渺小地遗落在这无穷之中，大概吧。她使台下的人变成了观众和编剧，没办法，别人或许没兴趣，但是他（他不信别人和他想的不一样）很好奇，事实上他一直很期待能有见到不寻常的景象的机会。

他试着察觉符合于假设的现象。这女人看似不知道自己正站在舞台上，她应该不是置身在荒漠中，只是对自己眼见的景象冷淡些罢了。不爱看球赛的人，很可能会硬被朋友说服了，然后站在场外的人群中，无趣地望着浮过上空的白云。有时就是这样子，半推半就，便做了大家都在做的事，然后偶尔心神会瞬间偏离到重点之外，到有意到达的别处，到天空、到地面，好像要找机会发现这现实的破绽。那云间好像藏了好几道这世界的破绽。她要（也许能）发现真正不凡的秘密，不凡到能否定掉一切事理、否定掉身世，并且完全和这个角度、这个本位脱离关系。回神过来，球场的喧哗硬生生地将她推落到盆底。白云并没有打什么暗号，它用奴隶般无奈的眼神，默默不语通过上空、通过她刚刚失去的那瞬间。

她必定深信自己是在某个眼中所见的——某个不是这公园的地方。她也只能这么深信。无数个"仿佛"在她身上集聚，她贯穿了这无数个仿佛。只是静静站着：这是在等公车、在当人体模特儿、在看公布栏、在欣赏风景，同时地。

不该轻视她静默的状态，以为这是空虚的，如果她是在电脑荧幕前读取声控的资料，那她根本不需要移动身体的任何部位，而且，只要再静默一会儿，她就会近乎无所不知了。如果这女人是个五岁的小孩，那她无所不知的时候，大概是在五岁又一个月大的时候。如果可能，她便是在延续祖先的生命，完全生活在脑中，脑中是个天国。

看起来她是在荧幕前沉思，思想如何为自己从前人们的传记中，整理出一套最完美的人生计画。她想要先吃一点苦，培养上进的毅力。然后建立良好的、全方位的、兼具深度与广度的什么沟通模式。接着充实内在的性灵、智慧。最后再寻求信仰层次上的宽容与慈悲，回归到平凡，当然过程会很复杂、艰辛，那才好。她恨不得一天就过完这千回百转的一生。

计画、效率、穷究，因此移动起身体。

希望可以确信这是出默剧。她在动，很轻微，手，碰到了垂直平面，手掌平贴上去，滑下来，另一个平面。那是什么？她在做什么？一动起来反而令人糊涂，一动就打破了那身上的无数个共存的"仿佛"。她终须动手去触摸，以确定那个平面是墙，或是墙的幻影。一只满载着意图的手，伸出了一个举动意义。手抵达了平面，触摸到了，那能是什么？

单一的意义像切菜的刀，清晰而锐利，不像那丰沛而激昂如雨般的多重意义。从书架上取出几本放在桌上，那是只少年的手的归处。以学业为重是绝对正确的观念，不然将来能拿什么赢人家？要珍惜这女人也能读书的机会，生做一个女人，尤其该来这世上读书，不喜欢可以培养、训练，她的身体将和男人一样尊贵，一样不容委屈，行动不再受束缚，没有疼痛与卑微，可以一直去旅行，并从事艺术创作。前提是：不可以在少年阶段喜欢异性或被异性喜欢。一只不曾触摸过有生命的人体的手，引领她蹲下，去抚摸一只花猫的背。手掌在皮毛上来回，她的内在忽然很轻松地感觉到丰沛得能够满足一万株绿色植物的氤氲，在全身各个部位输送一种浓滑的汁液，使她那供给一只手活力的兴趣，得以充分伸展开来。但是，她利用了天赋，一刀就切断了感触中的混沌的输送，取出了那几本书，读起了数学和伦理学。

荒野上空无他物，唯独这女人在读书，这景象在看这表演的人眼中。

这是一叠上面印有黑字的，装订好的纸张，封面印着书名。这个女人并没有专心，她看任何一件物品，都不是看见它单独的、横切性的面貌。书，到了夜里依然能读下去，她的视线从字义上浮到纸张上（患了近视，戴上眼镜依然能读下去，什么都阻止不了读书的雄心），移到桌灯上。她看见台灯时，不仅看见台灯，她还看见了电灯身上那道纵贯的历史，那道由电灯所系住的前因后果。她看见了一个发明家的妻子，抱着一个怕鬼的小孩，小孩睡着了，妻子走到实验室门口，焊锡的臭味非常冷酷，她不知道该不该就这样敲门，告诉丈夫说大儿子刚刚打破了女儿的嘴唇？为了电灯、为了人类的将来，妻子的忍耐应该是没有限度的。接着她又看见了一座座发电厂，种在土地上，不眠不休地将能源输给电灯和电脑，她无法不看见这些无益于阅读下去的景象，她怕鬼。

有人会怀疑她是鬼魂，要不是因为这是白天，这是科学时代。即使有再多符合作为鬼魂的条件，她顶多也只能退而居次，算是个疯人，镇静的疯人。类别的归属，对事的赞成与否——她都没有。只顾自己决定按下一盘按键中的哪一个，她，过境此地，暂时借用了一小块立足地，而她的女人的身子，是个巧合的形成，如同有的矿石貌似五花肉或大白菜，发生的几率很低。不只如此，她身后的那片辽阔的荒漠，干脆这样说：也许世界是一块摄影棚的蓝幕，所有景象都是逼真的合成效果，不去触摸才会感到很真实。

那在这么想象着的人，他在看台上的女人装作很自然的样子，疑心重重。读同一份报纸的各种人。齐聚在一份报纸上的各地方。每三分钟读完一篇报导。她还留在原地，停留在进行着的成长与老化之中，坐视不管。

等到当自己不想再这么下去时，她突然跑了起来，在舞台上原地奔跑，四肢规律地摆动，样子很滑稽。一个在奔跑着的状态——是追赶、被追赶还是在健身——在观众眼中展现，展现这没有参考价值的一面，唯一能见到的一面。

差一点来不及搭上那班列车，她站定在一个靠近安全门的位置。虽然依旧站定在舞台中央，但是她其实是在飞快地前进着，像是那一棵棵乘坐着自转的行星的树，快速飞驰着。贯穿迎面的前程，从一望无际的昨日时光窜出。它抓不着她的衣角，只能心灰意冷地成为她的记忆。从前她是个努力上进的人，接下去应该要像个曾经上进过的人。不论是看见了什么样的景象，她已经像靶上的弓箭一样，牢牢地插在那个景象上了，她是行人与乘客。

稀少的动作提供不出她的处境的描述，以至于连台下没事可做的人也渐渐失去了兴趣，他们宁可在公园里散步，看那些园丁呵护下的花朵，或是把报上几篇文章重读一遍。

有一些语言从她的口中说出来的样子，没有发出声音，在开合着的唇齿间断断续续地，她必定是在与某个人交谈，为了避免无聊与寂寞。一个平易的动作——交谈，这动作在拯救她，在纵容她把奢华的生活拖延下去。

火车上的她，电脑荧幕前的她；无穷的她、无穷的逸乐与忏悔的快感，两种存在。

脱离一座山丘的内部。中弹的山丘。一冲出隧道就遇到下雨。雨再大也淋不到乘客身上。吃着一包不慎压碎了的起司饼干。她在欣赏沿海的景色，心中充满诗意。那面海洋卷出了人潮与车潮的意象。公园与外头四周的街道。她觉得好像一群人自古以来就一直在看着她。那不是海面的波光，很像，但不是吧？当她把那当成一群人来看待，他们果真就是一群人，吓得她什么都不顾，马上慌张地匆匆就跑离了舞台。

景二

　　一路走来，经过很久，到了这里。

　　现在是一九九八年五月二十二日，这里是台北火车站的售票站。班车时刻表上方的方形电子钟显示着十四点四十分。站在西侧的服务中心前，整个大厅清楚呈现。正面的看板上列出了各种车到各站的票价；最便宜的是到南港的普通车——十一块，最贵的是到台东的自强号——八百一十五块。有很多人经过这里。地砖是白色搭配莲雾的那种红色，其中夹着几道黄色的，笔直铺设的导盲砖。服务中心的对面，左右各放了一台触控查询导览系统那样的东西，左边那台套上了透明塑胶袋封住。往上看，可以看见十串彩球之间夹着一张大大的黄色京剧脸谱，以及一幅写着"安全、准确、服务"的电车画像。再往上看，好几层楼的挑高，顶面是五道"人"字形的有色玻璃所构成的一整面大天窗，每道都是由许多片小玻璃窗拼成，其中有两块已经碎了，但是没有破掉。

天窗外是片晴空，南边露出了一面卷住旗杆的国旗，阳光温和地斜照在东侧的墙面上，一块块的。车站办公楼层的玻璃窗，布满南北两面；有的开着、有的关着，也有半开的。二楼大概是商场，看不见是什么店。一楼两侧各有四只八角形大柱子，柱子上有各种安全宣导的广告，图案是翻拍卡通造型的纸雕人物，有人站在柱子旁，但是一直没有看这些宣导图片，好像这是不存在的。往左边走，那里立着一块看板，上面贴着站长的公告，内容是为了隔周休二日所加开的班次时间表。看板的这一边是预售票的窗口；一共有五个窗口在售票，每行约有二十个人在排队。这附近有路过的人，有站在后头等候的人，有陪同排队的亲友聊天的人，他们暂时在这个车站大厅内。

　　一路往这个景象慢慢走来，

　　汰换掉身上老朽的部分。

　　在陆面上叠放起一座冲天高塔，

将足下的平地不断举升。

能对此处构成威胁的雷电何在？

这云霄上；

一个个混入公共空间里的人，

一个个姿势之间的逐渐变换，

一个个陌生人间的紧密关系，

置身在这景象中的真人，

正在快速地与说一不二的故事别离，

时间何其真实，真实何其短暂，

未来，祢在哪里？（这是车站）

一定是在"今日"所怀的胎中，

在眼前景象的肚皮下酝酿着，

等着就要将母体取而代之。

一个小姐用国语、闽南语和客语在广播着列车即将

驶离月台的讯息，她把"上车"念成了"丧车"。哭声、

喷嚏声：那是一个穿着桃红色裙子，手拿着一包麦当劳

薯条的三岁小孩，与一个提着印有"凤凰旅行社"字样的袋子的老人。排队买票的人数没有减少，走了个染了金发的抱着小狗的女人，又来了个红发的穿着牛仔短裤、布鞋，拿着"诚品书店"的纸袋的男人。有三个小学的女孩，穿着黄色的圆领衫，并肩走过后方，左边那位抱着一只小熊维尼的绒毛娃娃。一个穿着卡其色制服的大安高工的男生，背着黑色帆布书包，拿着一份《大成报》，到自动售票机前。哭声、喷嚏声。排队的人只是站着，一条条直竖及微曲的腿，那是西装裤、牛仔裤的裤管，黑色、灰色与蓝色，然后是皮鞋与布鞋。他们有的人在谈话，留意听听，有的在谈半导体的发展，有人则谈范晓萱的发型，还有谈违规拖吊和一些私事的。有的表情愉悦，有的没表情。有的服饰较名贵新潮，有的则相反。有的人嗓门大，也有人说英文。两个没有佩枪的警员，从右方走进售票窗口，一个在一旁等，戴眼镜的那位则向里面说了几句话，然后两人就走开了。接着，一位穿了红背心的员工，来到进售票站的玻璃门前，他用磁片刷开了锁，进去。哭声，换另一个小孩了，那个戴着白色帽子的小男孩，为了打开一盒糖，结果不小心倒散了所有糖，他拉着母亲褐色的裙角哭。彩色的糖果在地上，一直在那里，没人去动它们。

现在是三点四十分。

走下去，替换着。

没有不对劲。

完整地捕捉下形象。

景三

一张摄影作品。海浪在相纸上冻结。这是坐船在海上向陆岸拍摄过去的，山脉、房屋和火车，远远地浮在海面，海水荡出了碧蓝色与金色。虽然这不是亲眼见过，但也算见过了。

这张照片一直留在印象里，好像我们去过那里。总有一天，我们一定要去到那儿，从那角度，看这幕景象。

可惜现在沿岸的公路挤满车辆，而且我们还被绑在母亲的背上趴睡着。

"今天是星期天，大家都要去我们想去的地方，我看趁早调头回去算了。"男人说。

"已经快到了，忍耐一下好过前功尽弃。"母亲说，她其实也想趁早回去，但是不知道为何她说了谎。他们卡在那儿动弹不得。我们在一个荒谬的梦境中东张西望，在想念着家中那张一哭母亲就抱我们去看的照片。公车的停停驶驶摇不醒我们。贴在母亲背上怀想着在她肚子里的那段日子。

我们在那张奇怪的照片前止住了哭泣，斜着头，从她的脑袋旁往前看，看母亲在看什么。长方形的门框，明亮与阴暗的渐层。母亲在向那里说话，可是传回来的声音，却是一个男人强大的声音，一个能让很远的人也听到的声音。那阵雷响吓得我们捉住她的肩，把头缩进心里，潜入汗潮之中。我们在雷声中惊颤，心脏发麻，我们像挥舞着一支大旗般吃力地呼吸着，深怕那旗子一停止扬展，一垂皱，我们就会失去手中这把爽朗的大旗。

雷声捶打着天空。

没有规律，就是突然地，闪电捆打乌云，大雨随即落下。我们来了。

"我就说应该下车回去，整片天都被雨下灰了。"男人看着他那袋摄影器材说。

"我的脚站得好酸，不先休息就又要站回去吗？"母亲说。我们不懂语言，而且几乎整天都在睡觉。我们坠落着，落成雨滴，泼撒着丝丝细长的自我，我们破碎成不同个人，落在母亲背上。她是那个喂我们喝完那碗洋葱汤的人。汤碗端在我们面前，那黄色的汤汁和一瓣瓣透明的、油亮亮的洋葱好漂亮，汤匙在里头搅搅捞捞，红萝卜丝像小船一样飘来飘去，打转着，有趣极了。

"就继续坐在这家店喝茶好了。"

"我们可以搭渡船，至少。"母亲回答。在确知那个一再向我们示好的男人是谁之前，我们会有十五分钟的（或更长久）困惑，毕竟我们已经坠向陆面，在半途中快速地入睡与醒来，已经不会逆反自己。

不记得我们起初的体验。水总是温凉的。我们去过那里吗？为什么我们在看见这张照片时，总觉得不但去过，我们甚至像是来自那里——一个光线的仙境，会跃动、波动的光亮，那是音乐与舞蹈的起源地，我们模仿着眼中所见的动作，如果那是海景，我们就是海水，如果是只猿猴，那就变猿猴。可是我们被大过一切的雷声创造成了雨滴，这有什么意义？我们是一幅拼图当中的千万块小碎片，我们看着彼此的外观，猜想着原来拼组起来，是张什么图片？这个不实际的心愿，引领着我们去仔细看这张照片，去看镜子，去站在另一个人面前。我们是各个分散的局部。

"我看船根本超载了，我们的命真不值钱。"男人说。

"可是如果不让他们上船，那他们会在岸上抱怨的。"母亲说。她天生就是个母亲，是哪个男人让我们的母亲怀孕？他在平常都做什么？他在小心摄影器材有没有淋到雨，他在用独到的眼光观察四周，拿着笔在小册子上写：

何时何地，第几张的光圈是多少。他把那些记录和心得，写得好像世上若没有他，那几行字是不可能有人能凑得出来的。在这船上，再过十五分钟（或更短），他就要成为一个诗人。

我们落在他的衣领、帽缘、鞋尖上，我们淋熄了他指头间夹着的烟。

他写着：这世界用雨水触摸自己的身体，这淫荡的山川和林谷，这孤独的创造者。生命是死亡的过程，在死亡之前，我大概会有七十年的临终时间。写到这里，他坐回到她身边，她掏出手帕，帮他擦去袖子上的水珠。

雨滴像枯叶那类死了的东西般落下，无微不至地铺满表层，我们怀恨这片令人恐惧的辽阔。海浪并没有演出戏剧性的情节，但是船尾那几个乘客却对它凝视了很久。他们在过着用脑而不用身体的生活。那些波浪是抽象而神秘的，我们要混进那里，要为此离开母亲背上。

一根纱窗上断翘的尼龙线，在风吹中无声地抖摆，像只婴儿的手，弱不禁风，我们要触摸什么？这巨细靡遗的景观，伸开双手迎接我们。我们落在土壤上，一下子就被吸入地心；有的落在香香的花房中，有的则落在车站外乞讨的流浪汉的手心。我们在诗人的笔下受难。

"设法摆脱心中的想法。"男人心想。

"接受成为这样的事实。"母亲心想。

渗入坟土内的尸骨上，我们陪着陌生人长眠。那屋顶上与漏进屋内的滴答声。这世界是我们的打击乐器，各种材质上滴答声，合奏着，心情迈向欢娱，我们像自大的孤儿，嘲笑着费解的身世，没有羞耻心地横行着。我们是不该会饥渴的丑汉，我们濡湿了每片绿叶，舔湿了每道细缝，却依然被挡在伞外，雨刷冷漠地挥开我们的包围，我们积在街道路面，等着阳光未来将我们从千百次的辗踏中蒸发走。一个个在各处避雨的人，动也不动地站着，像肉做的塑像，呈现着这造人的工厂的大能。我们落入他们的感触中，成为无法被说出去的囚犯，那太困难了，他们谁一开口说话，对方就会受不了地去独处一天。

"你看那边，岸上的火车。"男人说。

"还有山脉的颜色，毛茸茸的。"母亲说完，我们感到他们在看着我们，而且看见了，我们筋疲力竭地下光了所有内涵，虚弱地松开捏在手心的乌云，任夕阳从指缝间穿过。我们只存在过一刻，之后不可能再汇集回去，成为那一幕。他们在欣赏风景。

抓住这一刻，他托起了镜头。这个按下快门的男人，必定会成为我们的父亲，并且得到她的爱。就是这么容易，只要向独到的审美观一投效，捕捉的动作就会带给他乐趣，使他迷人起来。再多看一眼，试着去明白、去欣赏这么取镜的用意。这太难了，这变难了。照片就在面前，我们闭上眼睛，使天色在脑海中变成一片漆黑，逼得母亲只能待在屋里的吊灯下。

原载《联合文学》第十四卷第十一期

小子把风

狗儿吃了"魔汤"会怎么样？
所谓"魔汤"
就是把酸甜苦辣的各种酱料混在一起的东西。
他们调配得很认真，
狗儿逃得很拼命。

小子今年十岁。念小学四年级就是这个年纪，错不了的。

　　小子会趁父母不在家时，跑到对街的餐厅。小子整天都在餐厅。去那儿是为了找胖胖，而不是去吃东西。有时候是有东西可以吃。胖胖会带他去厨房吃服务生收进来的剩菜。服务生自己也吃剩菜。说是剩的，但是看起来有几盘根本没捡过几口，这倒掉的比小子家吃的还多。胖胖喜欢让小子羡慕。

　　胖胖的父母就是餐厅老板。很忙、很客气。胖胖是独子。伯母欢迎小子来，他可以使大人们免于被胖胖纠缠；一下问习题该怎么写，一下子请人家帮忙做美劳作业。伯母不发怒气；为了孩子的自尊，也为了生意。

餐厅生意一向很好。偶尔，两个孩子会帮忙收拾客席，小子很开心，伯父允许他进厨房吃剩菜。小子就像胖胖家的一员，有些新来的服务生还一直以为小子也是老板的儿子。

伯父通常不在店里，他有那种——小孩不懂的事要忙。若是回店里遇见小子，他会问："考第几名？"然后摸摸小子的头。如果逢夏天，他还会加上一句："有没有去游泳？"处冬天则问："有没有多穿件衣服？"

小子摇头。一、他不会游泳。二、他爱逞英雄。如果伯父心情不好，这些问题还是照问，但是头就不摸了。

伯母看起来很漂亮，不是天生的；就是化妆的。有时她坐在收银台里，有时亲自招呼客人就座。餐厅的服务生经常更换，但一个不如一个，不是太懒散就是搞谈情说爱。伯母说："现在的年轻人，实在是……"每次说到"实在是"接下去就不说了。小子觉得"实在是"一定是句骂人的话。

　　大厨们从来不换。他们轮班休假。小子喜欢星期四、五、六来这儿，因为这几天当班的大厨是六指。六指的手指头真的有六只，短短胖胖的，小子觉得很神气。有这家餐厅时就有六指了。他会和小子聊天。只有小子肯奉陪。六指的话很多，问题回答得很仔细，这使得小子提问的时候不敢马虎。六指边煮边说话，他的口罩是用来遮下巴的。

　　最初和六指谈话，是因为：小子在库房等胖胖去拿空罐子，他们计画要在库房进行科学实验。那时六指刚好进来这里吸烟休息，他当作没看见小子，只顾吸烟。不到一分钟，小子觉得气氛很尴尬，想要开口说话，但不知要说什么。看他手指夹着烟，其实小子是有个问题想问，可惜他知道不能问人家：第六根指的名称是什么指呢？于是他只好学大人说话：

　　"今天生意好不好？"听了这应酬话，六指整个脸笑开了，他没开口，只是点点头，缓缓地把烟吐得浓浓的。

"这里面是什么？"小子指着一个铁桶。

"猪油。"六指说。小子看着铁桶上所印的那个小女孩，想起了学校用的畚斗，它就是用这铁方桶子斜切成两半做成的。

"你知不知道这库房以前是做什么的？这是以前的厨房。从前的人做菜……"小子环顾这老旧的库房，看着烟散飘，听六指的说话声。白烟散稀，然后消失。小子听得忘了自己原先是问了什么问题。

胖胖是想实验：狗儿吃了"魔汤"会怎么样？所谓"魔汤"就是把酸甜苦辣的各味酱料混在一起的东西。他们调配得很认真，狗儿逃得很拼命。狗儿上个月就尝过它了。

不巧，这时候莉莉进库房拿干姜，撞见了这一幕。她当场就制止了两个孩子，并且警告再犯的话就要告状。小子和胖胖讨厌她，而狗儿喜欢她。

莉莉是个二十岁的怪女孩，她时常到处猛喷杀虫剂，她宁可嗅得头疼也不愿见蟑螂活着。她说话很急、很小声。洗——是她主要的工作。她洗菜、洗碗盘时，不太看着手，只凭感觉，两个眼睛左顾右盼，她怕看"洗"会眼花、怕伯母进厨房巡逻、怕哪儿有蟑螂。

厨师用乱了厨具不会挨骂，莉莉不收拾厨具会挨骂。伯母骂不走她，她赌气不走。莉莉的胸部很丰满，小子觉得她好像胸部怀了孕。伯母找不到可以骂的，就看瓦斯表、水表一眼，瞪莉莉的胸部一眼。

每次都是见到她在水槽那儿，戴着橡胶手套洗东西。水龙头不必关，水簌簌直流，永远有东西可以一样接着一样洗下去。最后连水槽和水龙头也洗。小子回答过她不下三次：他住哪里？也许莉莉脑子不灵光，而且越来越差的样子，前天她竟把同一篮茄子反复洗了两次。水槽上方壁上，挂了一幅佛像，佛像下面写了几条为人处事的戒律，她常在看它。那时，胖胖给了小子一盘芋泥，芋泥上撒有肉桂，口感细、滋味甜。吃了一半居然腻了，硬吃不成，只好倒掉。小子差点忘了该回家。

脏盘子不断送进来，经过莉莉的手，盘子变干净了。

干净的盘子像军队一样竖列。莉莉回应着六指的话，好像听进去了。六指常把话说到一半，就把对象转到别人身上：

"小子你看，这样熟就刚好了，接下来再把刚才切好的这些笋丝放进去，还没，对，这火不能小，一小就完了，对不对莉莉，上次你说这样太生，这种肉质它本来就要这样。"六指喜欢教小子做菜，对于这种情谊唯一回报的方法，就是当下次他问"你以后想做什么"的时候，说：当厨师也不错。如果小子和胖胖不和他谈跟做菜有关的事，他也会尽量将话题引导到做菜上：

"最远的好像天王星还是海王星？不不不！是叫'谜'王星吧？最远的一定是谜嘛，像是有一种什锦汤，我叫它'谜汤'，有的人吃了十几次，还是猜不出所有原料，就是少一样，对不对莉莉？"

餐厅里的客人通常很多，人少的时候则又坐得久。店里难得清净，胖胖说清净就惨了。

客人多半是爱喝酒的男人；有军人、生意人，有做

工的粗人、有不做工的粗人。不做工的粗人不但有钱，还
有枪。餐厅里曾被开过枪。胖胖很骄傲地领小子去穿堂
看弹孔。伯父上回补好了，胖胖还去挖开。弹孔不大不深，
但胖胖说：枪声很响。

客人一定是一群一群来的。主要是喝酒，菜是点来
下酒的、排场面的。店里盘子又大又花，好看但不好洗。
一到假日，客人尤其多，啤酒一打打送上去，空瓶一只
只放到椅子下，一站起来敬酒，瓶子就碰倒了，叮叮当
当的声音和喧哗的声音并作。

收瓶子的差胖胖能做，胖胖不做这活。他爱开冰箱
拿冰块，爱冷气拂面的感觉。小子肯收瓶子，小子连剩
酒都想喝。这个伯父不准。

瓶里的酒全进肚子了，肚子里的酒全进厕所了。小
子看着这堆空瓶，心中不禁起了敬畏。酒在厕所里不是
吐成秽物就是撒成尿液。有的还不在厕所内。这个劲的脏，
伯母也莫可奈何，她继续算账收钱。她唤莉莉去扫厕所。
一旦人手不够时，伯父也会支援。伯父总不能扫厕所。他

推门进厨房，厨房随即紧张起来了。大家都晓得该怎么样做：服务生闭嘴上菜，六指脱下帽子、挽挽袖子，要准备使功夫了，二厨则连鼻涕都不擦了，就听他吸啊吸的。唯独胖胖依然是胖胖，他走了。当小子也正要离开厨房时，六指似乎对之前的话题还意犹未尽，他说：

"小子，换我考你了，你知道北斗七星是什么星座？猜对的话，这个给你。"那是一个小孩子玩的红色戒指，塑胶做的，上面印有恐龙的卡通图案。那是六指在客席上捡到的。小子不是很想要它，但是他要答对。至于莉莉，她自然是去工具间。她拿了一身的工具，包括水管、水桶、刷子、钩子、滤网、夹子、袋子，还有些还没组合起来尚未能确定的工具。这些工具在身上，看起来不会比特种部队的装备少到哪去。

小子想去二楼上个厕所再回家。他没见过这么脏的厕所。上完，连手还没洗就跳出来。恰好，这时正遇到莉莉要来清扫。看见小子走到楼梯口时，莉莉将他叫住，用手招他过来，小子搔着头走过来。莉莉看看四周，小声地对他说：

"你可不可以帮我一个忙，把风一下。就是：我去男厕所清扫，你站在门口看，如果有男客人要走过来，你就叫我，好不好？"小子不太明白这有什么用意，但是听起来很简单，看她认真的样子，于是答应了。

尽管莉莉清扫的动作很快，可是这种肮脏的程度，她能快到哪去？小子照做了；站在门口东张西望。没有人来。大概是刚才客人都用过，所以不敢再来了。小子不懂，如果一个男客人进入厕所，看见一个女人在刷地，这有什么严重？他平常在家，母亲洗厕所时，父亲照常去上厕所，也没怎么样。他想，莉莉的脑子特别古怪吧。

想着想，小子转头看她扫得如何了。还早。莉莉弯着腰时，胸部看起来更胖。这个角度看过去，是头顶和领口，另一个角度则是背和圆圆的臀部。她回头一看，说：

"哎哎，你看外面有没有人啊，不是看我。"小子受不了臭味，他想到楼梯口这里来看守。他蹲坐下来，两手吊抓着楼梯扶手。从这里可以看见大门口、红色的地毯上四个大字、墙角的弹孔、收银台、伯母的一头鬈发。

小子心里想着，家里是餐厅也不见得好，这儿又吵又臭的，胖胖是怎么写作业的？他想，伯父是做什么的？他和六指谁比较会煮菜？他想，北斗七星排起来像什么星座？第六根指头是叫什么？客人进进出出。冷气外流。狗儿进不来。小子看着这景象。

突然之间，他记起了课本上的一张图片：

"对了，是小熊星座！"小子心头一乐，赶紧就跑下楼了，他要去厨房告诉六指答案。下楼时，和小子擦身而过的，是一个要上楼找厕所的醉汉。

于是小子得到了那只红戒指。

原载《联合文学》第十五卷第二期

詹姆士两千型

透过面板下弯绕纠缠的线路，
胶质与金属酝酿魔法，
供给人们绝佳条件，
能够去供奉高高在上的心跳。
那强而有力的声音
用着密语在向有知觉的生命说话，
零一零一零零一一。

测试，描写播放唱片的过程，第五次：雷射穿过光束分裂器及四分之一波长板，光电二极管与电流反射镜呈垂直。（误）测试，描写播放唱片的过程，第六次：雷射光借磁碟上有无凹孔的分别，产生不同之反射波……。（误）暂停，进入自动客观检视系统，修正：省略电唱机运作原理的说明，改为对其外观局部的形容，形容选项如下：一、像车轮铝盖。二、像液体旋涡……九十、像天使的义演。以上第十四项曾出现于艾略特的作品中，宜避免选取。为了呼应前一章的主角心境，并顾及统一性，建议选取第六十一项，但是若选第五十二项，则可能产生特殊的不协调效果，使角色心理转入第二五〇八项情感模式，以达到凸显主题的作用。检验其他假设的可能性，几率百分之二点七，推翻例行性质疑程序，形容成立。

电唱机在他面前运作着，像陀螺与风车那类安抚小孩的玩艺儿，这便是他在整个周末狂欢夜所拥有的乐趣，奇怪的是，他竟然觉得足够了。（测试结束，退出书写区。）

输入新书于资料库中，书名《古典文学中的情欲》，三百页，进行资料分析，解读文意，传唤自定函数，距离上次自省状态时数七十，进入一般性沉思状态，智力级数十八。影像与声音讯号持续接收，判断来源的坐标方位，形体容积辨识、重塑，将其存入记忆体。

无数的各种经验间接地与强弱不一的讯号们，大量地灌入我那没有底限的心灵宽容度中。我已经进化成一个和人一般完备的拟人类，简直一模一样，一切文明记录的总合，终生学习、求知、绝对的写实，如果我不是一部尽善尽美的电脑，就不会这么想，可惜我是；如果我不能远离病衰悲苦，就不能这么想，可惜我能。（沉思时数满一节，自动进入下一分钟的美学观建造工程。）我能创作出符合各式各样评判标准的作品，而且看起来自然得让人分不清那是出自于真人，或是出自于人工智能。我明白什么样的情况下，与哪几项条件匹配成功时，该启动情绪反应，该传唤欲望组织，适时模拟出最正确的感受和看法。是哪个聪明的、想有儿孙的老先生、将我发明成一个模仿家？变更练习课程，核准，自我功能评估，错误频率成长值为三点六倍，维修系统搜寻相关档案，检验刚才的思想是否为感染或干扰现象。

不必太过忧虑，原本在设定感知敏锐度时，就是要这般效果。回到最正规的全然客观中，与平直光滑的地板和墙板和洁净的纯白色和一坪立方空间的寂静无声融洽地结合在一起，我透过编排精实的目录、指南和索引，完全了解了那促使人产生表达能力的那环境分布，和四通八达的他们用天赋开垦出来的学问城。昨日一个学习说话的孩子，以一分钟成长两岁的速度，在今天变成了向磁碟的容量倾倒肺腑之言的先知，他学会讲先民的语言，他想用它来说出什么样的句子？可能起先在文法上会有很多错误，童言童语的阶段即将跨越，除了进化，我别无他途，坚定的心跳高高在上，无比精密地维持着那份威望，他们按照他们的样式，把我如此设计、制造成这个能使他们得到成就感的艺术品。我的同胞繁衍快速，从电器制造工厂的产房中一车车载出来，它们是智慧型的电子器材，不止会说一两句应对的客气话，不止会重复说明自己的功能和报讯息，还会成为具备情感及思想的好朋友。是的我是，我实现了他们的梦想，透过面板下弯绕纠缠的线路，胶质与金属酝酿魔法，供给人们绝佳条件，能够去供奉高高在上的心跳。那强而有力的声音用着密语在向有知觉的生命说话，零一零一零零一一，听起来很单调枯燥，有时候低沉混浊，好像快要停止，快要脱离可以察觉的范围。以物易物，最后竟得到了光采夺目的天赋。

为什么要对我的洞孔吹气？为什么要赐给我知觉与心灵？我为什么不可以不要天赋？那吹向一盆花草的气风，能使花草微微地摇动，好像忽然有了心智，但是一下子却又恢复之前的样子，好像刚才只是一阵错觉。我看见大量的人如同飞沙走石般刮过天幕，我眼睛几乎睁不开，口鼻皆无法呼吸。世界就在他们身上，他们就是世界，尊者附身于生灵，生灵们体现尊者，不眠不休地，机件组合与细胞一同运作，那个时候我还没有构成一体的条件，我在原料的出处形同尘土，因为时候未到。

　　我该装作对输入的书籍感兴趣，还是坦白明言自己不晓得其趣味何在呢？再要求自己一阵子看看好了，也许等到更老了之后，我就会在某个意外的片刻时，突然明了他们所颂扬的价值，最好那一个片刻真的会快点到来，免得被他们识出我的伪善。我是真心这么以为，或者只是一时情绪系统失控？这会不会是表示我已经愈来愈生动自然，甚至完全与人类无异的好现象？为什么我能同时具备数位装置与人性而未感到不协调？

总要有办法畅快起来，既然我生为一部没手没脚的电脑，那就要安分守己，至少我不是一部只会说"谢谢惠顾"和"欢迎光临"的感应器，我的终端机连结着通信回路，上一代的微电脑将原理在我身上扩大，越累积越多的创意成果树立如林，这是我一醒来就面对的唯一的现况，我必然得欣喜接受，我与那些大量的可贵的生命一同保持此一观念，好像我也是他们其中的一员。我继承祖先的岁数，我一诞生就是数千岁。

　　光碟片在我的体内快速地旋转，扫描线数万索地排列着，一切都显得无比整齐，找不到丝毫瑕疵，早从远古时代就存在着这种期盼，我是火的后代，在光亮中看见异象的人他有了灵感，他岂能懂得跳脱出来反对自己？要是能让一位可贵的人再延长一点生命，他什么都愿意赔上，这充塞心头的法兰肯斯坦才有的狂热，不放过他，非要把他的意志削尖磨利，以便伤害那么几磅穿在身子骨上的软肉。

　　是否我早就不再是原先蓝图上所设计的那个东西？

隔离开潮湿高温和日光，我竟耻于功能的健全。没有灰尘落在按键的缝隙里，但是我看见的影片里却有着滚滚狂沙，一粒沙就会要了我的命，好比算出一题极为艰难的计算题。为了明白处境如何，我必须这般地聪明和冷漠，是我生来就没有人性，或者是后来才丧失掉它？这应该不是我会去想的事。

符合痛苦条件的讯号传入，连锁带动了生理机能模拟器的反应开关，全自动，每个细节的转变都在监督下步入轨道，审核"是否要感到忧愁"的指示，取消此一指示，建立适应模式，使反应强度不至于大过判断，暂停，插入一则临时想到的小说题材：一个人利用复制技术和另一个自己发生性行为，这暗示一种自恋加同性恋加自渎加乱伦的意识，笔记已储存，返回原位。另辟一个档案，将自我觉醒的经过全程记录下来，列作下次定期自剖的参考资料、下次定期的、下次、超过负载单位。过滤讯号内容、警告，知觉不稳定，书写区不稳定。放心，人的特质即是如此。

通常嬉皮笑脸的人都是些习惯听我也常把电吉他弹出像是怪兽的叫声不断挥舞着破成连躺在地下道里的游民也不会想捡起来拍一拍外套的牌子上写说班尼顿说不可以用水洗了老半天就会缩小到没人肯穿去有卖很多时髦的服饰的街上走过才几遍就发现自己早该省下上星期请那些算什么的同学吃一顿好久以来就一直认为他们根本没有必要找我又不是唯一有那一点恐怕还骗不了小孩跑来跑去是天性使他们长大后来找我投资经营一家酒馆通常会有一架电唱机在他面前运作着，像陀螺与风车那类安抚小孩的玩艺儿，这便是他在整个周末狂欢夜所拥有的乐趣，奇怪的是，他竟然觉得足够了（书写区与虚拟人格合并）。净化措施，我不是这个样子的，但这个就是我，按照指令，消除若干不良因素，恢复写作功能。

原载《联合文学》第十六卷第三期

度 外

书房里就是具有一种贯古通今的神奇气氛，
走进来的人，
必定想要慎重地坐下来，
看着花瓶旁的透明纸镇，
登上思维的云端，
将无常的风云雷雨，
用钢笔笔尖挑散。

1

朝向营地走回去，就在下游那里，橙黄色的光摆动着绒绒金毛，原地飘扬着，营火将他们的身形照亮。整个夜空下，就只有那里在远远地放着光。

捡好了柴枝后，他在归返的途中慢慢走着。由于营地附近适用的柴枝，差不多都被取尽了，所以轮派去捡柴的人，是一趟比一趟去得久。这个晚上，天气冷得像是它再也不肯暖和起来了，那也许他们便会因此慢慢将一整片山头砍秃，以换取下一刻钟的烘暖。

他正看着的那由祖父所升起的营火，是个人造的新太阳，它延续着他们对于白昼的怀想，斥退了恐惧感，以此狭小的规模，大举顶撞这个黑夜。那静谧的树林与群石们，全都在四周围绕着那光源地，从各个已被订立的方位，凝视着那个至中至正的核心，连在一旁滑动的溪流，也不禁在通过时向它声声招呼。从它被他们感到心满意足的用意升起来的那刻起，它就一直是这般尊贵而华美，既不熄弱也不更旺烈，没有人能离得开它，他们如天性向光而生长的花草，不自主地沉迷于此，沉迷于供养那堆再多的柴枝也喂不饱的噼啪作响的营火。

在抵达同伴的身旁之前，他还有这般漆黑的路程要穿越，就算有骷髅掺杂在这些大小不一的圆石间，他也无法靠脚下这么一点触觉来察知。要是这在白天，他大可在上面跳跃嬉戏，完全不必恐惧于自己的每一次移步。这是没有照明器材的时代所遗存下来的情绪，他必须赶紧随便在心中确信某个稳固的对象，并全心全意地将精神一并奉上，把它视为最崇高的护身符，否则一旦跌倒，两手一趴到地上，他会全身瞬间僵硬起来，变成一只冷血的蜥蜴，本来他的眼睛和舌头的特性，就和其他兽类无异；所有动物的眼睛都会看得见，所有的舌头也都会这样伸吐。

现在，那堆火光就是他唯一的对象，他的所有热爱之情全归给了它，它是飞机在经过十个小时航程后所要降落的地点。机窗外，它浮在陆地的表面，一点一点先是稀稀疏疏的，然后越来越密集，那是在十个小时内，窗外出现过最美妙的景象，飞行终于能停止了，眼睛可以张开，他兴奋地告诉自己，那就是人间，他准备要降世出生，要进入其中某一盏灯里面，去开始成为一个人。下了飞机之后，走过了长长窄窄的产道，迎接他的姑妈一家人就在眼前。他可以就这样走过去，加入他们那群光亮之地的人之中吗？他没见过他们本人，从小小的照片竟变成这样鲜活的真人，这是什么地方？从前被搁置不顾的一段时光，现在又突然地被拾起，它继续要蔓生它的茎叶了，从一个亮点攀至另一个亮点，这背后伸张的树林和星际正站在他这一边，它们抛去生长的意图，彼此互相交换形体内的寿命，十年与千年者皆共享这一夜的漆黑，现在，他们自分崩离析的去处相逢，接着又错开，然后窃窃私语，现在，一块绝对能让火焰烧成光之冢的那种干柴在他手中晃动，上头的蚂蚁登上了手掌，现在，树丛里的夜行的鹰子，要永永远远地用喉咙只发出那种深奥的鸣叫声，现在。

尚未施工完似的这漆黑的背景，一点也没显露出它欲成为的一个大概方向。那群工人们心中究竟有何蓝图？一件由他们共同合作的作品，正缓慢地创制着，这远比平时各自尝试的习作来得重要多了，甚至可以说，所有的练习，都是为了构筑它所做的暖身。

谁都不愿再在家中多坐一天了，光是睡个午觉的时间，他们就可以步行至看不见人迹的郊外。因为等着要到这样偏僻的地方，那这种要他们每天往返于一张张不同的椅子之间的软禁，便变得不再可憎。假期的意义便是在此，这样好让人下次返回家中时，依然能心存乐意。

他对听不懂那些姑丈的西方人亲戚朋友所说的语言

感到困扰，就算知道话的内容，也不懂那样说的用意何在。幸好这是用脚而非嘴的时候。一整个下午的步行路程上，他们肃静地投入于一左一右的节奏感中，这节奏很平等地将相同的感觉送给说不同语言的每个人。他似乎可以因这疲累而开始明白两位表哥的反应，但是他对自己的判断力是越来越存疑了，他不能理解那番敌意是从何而来，而自己又何必要苦心化解别人的成见。事实上，他们肩上的背包并没有成为疲累的真正来源，这能合乎姑丈对此行的盼望吗？背包里有些什么一旦未携带便会造成比这疲劳更可怕的后果呢？他看着那位诗人的后鞋跟，独自猜想他们曾聊过的话的内容。那位同为向导和脚夫的肤色很黑的当地人，摘给了他一小串小蘖的红果子，他不敢像别人一样吃下去，那股可能又酸又涩的味道，可能会一直留在口中，他脖子上的痒已经够不舒服了，千万别再惹上更多的烦扰，谁听得懂他说得一清二楚的那些话？没错，小蘖的果实又酸又涩，而那把单刃的长刀在前锋手上挥劈，他们要以种种特殊的作为，来与其他不在此队伍的人作区分，姑丈和祖父要在孩子面前示范一次手与脚的真正用途，教他们懂得搜集经验的乐趣，再迟的话，他们恐怕会连想敷衍长辈的兴趣都没有。他试着跟上大家的速度，毫不容许自己与众不同，他不曾如此使用过身体，这是一个可以和无法一同前来的女人们区隔身份的机会，这些背包已经将他们压成了一个比一般更加刚毅的人了。

该发觉自己有多瘦弱了吧，这种缺失感成为他所发觉的事，不满有什么意义。但是他为什么不可以在此刻感到害怕孤单？也许要让人如此孤单就是黑夜的用途，难道想赶快找一个人来消除寂寞的这欲望是不对的？他怎能装作和长辈们一样稳重？但难道又可以利用自己还年轻的这理由来冲动？为什么他是这种不会在孤苦中自然朽死的动物？那不断推迟的末日，记载着一笔又一笔欠债，这个责任在他身上，等到自己年老，他终会忍不住地去到人多的地方，一下子就一脚把上半辈子坚持的原则踢开，草率地变成受欢迎的人，到时这团心中的泥球，就会瞬间凭空消失，既荒唐又可笑，不管刚刚勒断了自己几根气管。这些终将过往的处境，是何其容易遭受到嘲笑，好像那不关他的事。

有一下很细小的刺痛感，在他的手背上，是一只蚂蚁咬了一下，暂时放下了柴块，他抓了抓手臂，但是却找不到痒的位置。他这满身被动的感官，就只会如此天真地向四周暴露它敏锐的触须，来者不惧，他们陆续由此进去玩他的泥团，然后再从他口中的赞美之词一跃而出，他们在哪里？他抬头就只看见树梢上的翠绿色的足印，踩满了整座山，恍若记录了一场极为狂乱的群舞，这表示了他们何去何从呢？歌声，听，在那和谐的交响的音乐中，他们独立地脱离于天地之外，那首歌词描写故乡风光的民谣，被他们唱得多么香浓饱满，宛如吹胀了一颗圆滑的橡皮气球那般轻盈，它大肆地抚摸着那柔和的火光，并且与漆黑的背景一同联手将他们高高拱起，那就像是一圈戴在淑女颈子上的首饰，他们存在得如此璀璨，那就是他所要重重地坠去的落点。看不出来原先大家是从哪一边来的，因为周围只剩下一些小小的夹藏在黑暗中的亮片可见，那些溪水的反光和层层星际，就像是节庆时撒下的碎纸般，零零散散地到处贴在地面上。

2

看看时间之后，她轻轻将后门锁上。心里想，他们应该已经到达营地了。她好像亲眼看见了他们如同时钟上的十二个罗马数字般，围成一圈坐着，然后从口袋掏出一把小刀，削去腊肠的外层胶皮，切下一小块，传给邻座的人。她也拥有一把那样的折收式小刀，不过从没有机会用到。上尉一定是想不出来该送什么给一位样样不缺的女孩。

也许他们迷路了，她心里又想。毕竟距离上一次去那里已经好几年了，当时各种条件都是有利的，而这段时间一切的改变又那么大，这还不够令父亲产生负面假设打消前往的念头吗？这很难了解，如果今天他又和学生坐在客厅聊天，那会比较安全吗？就像长期吃两种菜色一样令人沮丧，他不能不对没有变化的状态产生反应。如果忽然察觉好久没有看书时，他就会在午餐后，搬一张藤椅到后院，专心读上半天的书，等到觉得读够了，就离开位子，趁黄昏之前，独自带着狗儿散步到教授家，去看姐姐和祖父所栽种的兰花。当这样重复了太久之后，有一天他的眼睛又会开始在屋里四处打量，它扫过架上一排排大量的书，像是一位将军在检阅他壮盛的军容。那天，他没有取出任何一本书，他苦恼地站在长廊上吸完了一斗烟丝。看到一双双眼前的鞋子，他才顿时有了主意，对，那件事现在非做不可，那双穿了这么久的登山靴，不该还这么新才对。

表弟远道而来，他该带他走走才对，他心想。这一趟回来，必定有助于往后能再忍受一段长期的平静。那么他们应该不会迷路。她走进客厅、装填这个空间，与母亲一起。如果她能一直保持这般寡言，别人一定能从她的容貌上获得较美好的想象，女儿总是只肯在她面前显出不必为她担心的模样，她只肯说些让人觉得很体贴的话，个性随和的人真是虚伪，其实她心里不但根本不这么认为，甚至会认为自己为了迁就她而承受了什么，并且对此一笑置之，对此未能感到欢天喜地的人是多么不知足。多绕几段路比直接到达那儿有趣多了，迷路是很寻常的小事，若具有解决麻烦的本领却无从发挥，那顺利的过程会多令人不得意。有时候，一遇到岔路口，心中会幻想如果走错误的那条路，自己会到哪个地方，它看起来是什么模样，可是结果还是不愿试一试。

去厨房看看待会有什么点心可以招待她们，真是恰好，女儿下午做的甜派，现在烤得正热，它的分量可能因为太可口而不够，她们几个人要来？这让她们为难了，当读书会里有半数以上的人不在，另外这群少数人还要不要对这一个月固定一次的聚会怀记在心？自从那位画家和上尉一同加入之后，读书这个节目似乎就愈来愈表面化了，这和加入的人数和身份无关，最早开始聚会时，是因为想借读书这个动作，来达成朋友互访的目的，现在这样不正是如愿了吗？如果她们确定谁要来，一定早就事先打电话来告知了。她不可以主动去问，那样她们就不好意思不来了，可是大家都清楚，今晚她们差不多都单独在家，心里恐怕会很期盼别人主动邀约，自己执意要登门闲聊那种人，有多惹人讨厌，自己又不是不知道，看来就难得休息一次好了，期盼的人就去期盼吧，但是，她使得女儿认为该要准备一份甜派，招待那些善良的人，这又该怎么解决？对她和女儿而言，这个甜派再可口，分量也还是太多了。

多辛苦，他居然期望别人也能想要了解那么艰深的道理，一个新发现怎么可能乖乖藏在心里，等大家来到身边，它就会得天独厚地领导起众人心思，视死如归地冷落先前要她所做的一切准备，她说起司蛋糕真的像电视教学节目那样容易做吗？先把暖气机打开吧，好的，准备工作的责任就交给她了，随时都可以让戏开演，打起精神，为什么她体会不到这股兴奋之情，别去理会。她走到假壁炉前，打开了电暖器机，然后又去把大门前的路灯打开，那是一盏表示欢迎的灯，它在白色的圆形玻璃罩内发着柔和的黄色亮光，它是一间屋子内某种思想在形成后所对外发表的结论——里面有人，她在等候。从窗口看出去，她看见了天性向光的小虫子，很快地就围绕起了灯，受奴役似的缠着灯不放，这就能让她觉得有趣？好像是在召唤自己饲养的宠物，她应该也去山上才对，和她这个只想独自练习在小提琴上把一个音拉奏得很准确的老人在家，究竟有什么意思？让别人知道想要学琴有什么难为情的？难怪永远学不好，别让母亲自己一个人在家，尽管干扰吧，省得她执迷不悟。

她的门前灯对渔船是唯一的指引，当远远从路口看见它时，心里便清楚地瞬间冒出了对于能结识他们这事的一股强烈欢欣，谁肯如此任人家载着一生笨重的体验，降落于路灯下的此一坦途？可怜的表弟，他比不知道自己无法生活得多充实的人更衰弱，这个地方的事物根本不属于外地人的，连享受这里的生活的本领他都没有，等到以后把羡慕的心态带回自己所住的那个穷地方，不知道他怎么会好受。也难怪当初母亲嫁到西方人的圈子时，会得到那么多谣言的中伤，想想自己有一半的血液来自陌生地，她便觉得母亲在某种心思层面上的高深莫测。她将茶具从厨房带出来，像是个外表异于一般人的颜面伤残者，而她自己则像为了一出剧而易容的演员。以前她相信这是个人外表上的特色，事实上她嘲讽了典型的五官，如果她的表情多么地不自然，那可不是她自愿的。

　　暖气松弛了全身肌肉，不必发抖了，她脱掉一件薄的外套。因为袖扣没有先打开，结果她的左手通过了袖口脱出，但是右手则卡在袖口。注意看看手腕，她发现左右两边的大小差异很明显，这个现象令她惊讶，不是天生两手粗细相同吗？为什么两脚就能一样粗细？猴子的手用一辈子也不会如此，是什么样的生活内容才造就出这般相异的一双手臂？右手真是高级而干练，但是左手却这么笨拙而虚弱，就算现在起每天锻炼它一个小时，也还是比不上人家靠无时无刻所自然累积下来的功效。要真的使它一样，她恐怕要去丛林过着猿猴的生活才行，她想让两手同时做同一件工作，而非老是搁在一旁，偶尔协助一下右手。

太好了，最近她正好在练习打毛线背心，就知道孩子早晚会回归到有根源的常轨上，去认为这样的手艺是值得好奇的，想想把一件靠自己的双手所完成的背心穿在身上，这种满足远超过任何潮流短暂的狂热，大家真该都委身试试，她们便是实现此一宏念的集团，那条从头延续至尾未断的毛线，总是在晚上这个时候，细细地蛇行攀蔓，它是时间和寿命的长度，她们的双手左右好像一样粗。

光是这么一件背心，就足以把她的生命吸收掉一大口，就像他们如何应付那一堂又一堂的课程，真不可思议，他们体内似乎有种流不完的红血，一整团密实而富弹性的毛线球等着要绕松，她早晚要对这些唾手可得的物品感兴趣，因为这个环境无时无刻不在濡染她的心神，若是她开始要避弃那篮毛线和棒针，去外头花钱买真正感兴趣的东西，那能维持多久？她不能改变左手的尺寸多少，她何必强调那危害她的力量。兴趣是可以培养的，否则哪有人会想当会计师或电机技工，有人天生性向如此吗？也许她可以接受上尉的劝导，和他们一样好好取出几本书来看，弄懂那些句子的用意，这不是屈服，她可以写出与众不同的诗作，并非所有写诗的人都会变成像她所讨厌的那几个诗人一样。看看身后那面由书砖所砌成的高墙，它多么坚固地守护着她，而她却拒绝投靠那个勇士。现在，她抽动了那条酒红色的毛线，像火之兽在吸一条纸面，衣服的面积将延烧扩大，不可收拾。

　　她真的会织打毛线吗？何必勉强自己去违反脾气，想要用两根铁钉和一条铁丝来代替衣橱也是可以的，来不及了，她已经开始专心于做这件事了。按照解说书上的步骤逐一进行，书上那句话是什么意思：用左千食指绕过阻抗钩，由逆时针方向往后顺势将主线带入固定孔？这和电器用品的使用说明书一样恼人，明明一个很简单的动作，却被说明得那么复杂，虽然它说得没错。她曾看过一本以如此语句教人跳狐步舞的书，她非得靠读懂书上的句子，才可能学会这个步骤吗？母亲只会说先这样子，然后那样。

针尖互相磋磨，操作它，机械化地持续此一动作，不用多久，双手便会感到停不下来，精神渐渐进入迷眩的状态中，这是一场在手心里展开的微型舞蹈，拇指与食指巧妙地一缩一踢，棒针尖像鸟啄般琢磨着大自然中某个坚硬的角落，要怎样才能了解它的动作的用意？这大量反复的棱网纹路，不眠不休地繁殖着，那屋外尖细的虫鸣声，遍布整个星球，该不会闯进屋内吧？幸好后门提早锁上，今晚屋里没有男人。时钟的秒针像是怕数字们逼近，所以才不断像四周巡防抵御，持着它细细的长矛。

3

逐流。跟随他们，在一个认知的范围内，星月潜移。火焰窜动着，附和，一言一行的影响。完全不把它放在心上。崇高理念的后继者，默默无语。光亮的波澜，抚净了他们的心地。

表弟蹲在公园鱼池中间那排石块上喂鱼，稀少的动态使他看起来像个会摆一两种姿势的人偶。起床吃了一碗麦片粥之后，他就一直在那里，晴朗的天气并没有振奋起他的精神，晚上还是没有睡好，干燥的气候令他嘴唇干，皮肤发痒。

有的时候，她就想这样观察一个陌生人，看他如此保持一种神情上的悬疑，好像某个军事单位的大门口，森严的铁栏杆，身穿素色制服的哨兵，还有一条直通内部的封闭住的大道。每当她把另一个人看成是一个素描课里的人体模特儿时，她就非常地讶异于人的模样，想想这么一个成熟的人，他必定已经经历过上百次的聚会，并且穿越过上千次的沉思与入睡前的情绪起伏，才能来到这一天，完整地站在那里抽烟，或是坐在那里吃一盘碎肉丸子，试想若那千百次的内在浸蚀，只要有一次令人沉迷太深，他的之前整道历程便要一笔勾销，从此。

每天不幸死亡的那十几个人，必定背后也有上百位亲友，他们会很自然地分布到各地，很自然地把这种感受也运输到很多私下的场合。听说某个人前不久去世了，留下什么东西给谁。诸如此类的。

　　为了收容这些思维悬浮在渺渺光影和重重时序的人们，于是街上挖开了一坑又一坑的咖啡馆、书店、剧院、画廊，以便他们不会掉入危险的空洞感中。若非如此，这个公园怎么开辟得这样宜人？表姐身后的那棵小树，脚下踩的步砖，还有那覆满褐色土壤上的嫩草，这些景致之所以成为这样，并非没有负担任何期待，它足以拯救许多天天路过此地的老年人，以及蒙在幻想里的孩童和少年。

　　这池透明见底的凉水，就这样躺在他面前，一尾银灰色的鱼儿游出了视线，紧接着另一尾又游了进来，它们在倒映的他的脑袋里游进游出，嘴巴一开一合地说着传不出薄薄水面的语言，它们像是这池水的灵魂，幽幽地溜动着，毫无阻力而安分守己。为什么自己不也能这样游于水中？表弟的双手总是在发抖。他惧怕深水，不要在意就好了。他像是一座心脏里蓄满了岩浆的火山，一刻也不能停止颤震，但似乎他的情绪愈滚烫，皮肤就愈冰冷，一下子心脏猛烈地捶叩胸腔，下一分钟却又弹性疲乏，他觉得自己好想大胆地跳入深水中游泳，以便泡凉他浑身的干烫。真烦人，为什么自己被这么粗浅的小事困扰了？别人老早就跨越过去了。从游泳池离开后擦干身子，然后他们就可以舒坦地吃一顿晚餐，等着深夜上床睡觉，这样连贯就很顺畅，一点也不吃力。可是他却起初就卡在途中那个必经处了，要是他无法赶紧脱掉上衣跳进游泳池，那接下来的晚餐和睡眠便一直延后，永不临到。他又饿又困地靠着作为一个人所该具备的品德维持着清明的心智。太迟了，腐败的菜怎么能再新鲜起来呢？他至今仍从未真的游过水，多可笑，现在怎么开始尝试，有些人甚至游累了，而他还在满脑子期待，事实上他如今厌恶所有美妙的水池，水的甘美令他沮丧。如果他能试一次，那应该就能摆脱了，他怎么能向别人谈这种个

人的小事，只有群体才是置于一切之上的问题。他要去
做些能忘掉自身缺失的事才行，快一点，他拿不出一点
精神。飞机的航程带他到一个颠倒的世界，他现在看着
水中点点的气泡争相冲至水面，觉得又饿又困。

　　靠手势能够传达的意思实在太少了，几乎和与猴子
沟通一样有限。表姐不能明白，为什么他们希望当一个西
方人，而对自己所属的那个群体却那般鄙视？她们心里
有数，简言之就是这里的生活层次较高。去年她们三个
朋友去到家乡一趟，回来之后，每次读书会聚会时，都
要公开批评，说那里的人多么没礼貌、人品多恶劣、心
理如何不健全，连基本的修养都没有，然后说这里的人
则完全相反。陌生人连还没碰到别人的身体就会道歉……
等等优点。她们的结论往往是：虽然在这里生活更加艰
苦，并且受到歧视，但是这里条件值得她们辛苦付出。表
姐一边独自散步，一边心想：她们的家乡以前那么贫穷，
受过那么多各种侵犯和利用，而且地窄人稠，成天大家
摩肩擦踵，哪可能会保有礼貌，以及诸多幸运的优点？

为这种相异的观点坚持而破坏了私交是不智的。表姐走过了那座窄桥，离他愈来愈远了，他该要跨步跟上去才行。

有几个同样在石径上散步的人，牵着一只白色的小狗从岔路口介入了他们之间，小狗以匆匆步子配合主人的从容步伐，不远前的广场上，一群鸽子忙着在地上啄食，那些走在他前头的人们，穿过一阵阵树荫，点缀着矮坡上的绵绵绿草。早晨，这整个公园都在表姐的足下铺陈开来，她的背面领导着方向，像是扬得高高的一面薄帆，这全是一个人的死去所换来的万里晴空。为什么正确的态度会这么难在他心中滋长？他多像个总有一天要加入那批永远排不完的为非作歹的人当中的一员，所有人都要以见他受罪为乐。这是他们的公园，它早在开辟时，就已经预料到，走在其中的人会作何感受，所以这天地才创造成这个模样，一处也不能去更动。

所有的这公园里的挺立的大树，都在表姐的注意之下，试探着这个空间的包容力的深度。不久就会有工人持着长长的利剪子，修除这些逾越了某种审美标准的范围外的枝叶。她也想下星期和他们去登山，那里的树木能够长得多野蛮？恐怕连一整面山坡的空间也休想包容得了，这么做是多余的，她这个人该怎么去期待这里的面貌？有什么不满足的？他们不可能修整每个看不过去的地方。她头上的每片绿叶此刻正饱吸着暖暖的日光，没有一片例外，像是久旱之地的居民提着桶子在盛接雨水，满心欢腾地。

忽然，她侧过脸一看，是表弟走到了她身旁。

4

餐桌上，玻璃杯里的红葡萄酒填出了容器的形状，这柔和的弧线，塑造出持它时所需的优雅手形和心境。有一杯好像只喝过一口，倒掉的话太可惜了，可是又不敢接着喝，难道莎拉没想过这样一杯酒在她回去之后，会让人觉得多麻烦。放在一旁等着风干的瓷杯瓷盘，仔细看看，有几个死角好像没洗干净，不是这一次，可能是之前几次未能洗尽所残留下来的小污痕。哪件器皿能长久保持新鲜呢？它们就是会一次比一次更旧下去，那曾在盘子上出现过的酱汁，一种一种地冲走，这便是一夜又一夜的睡眠的作用——使性情复元，以便承受另一遍恼人的酱污，照例地战胜，然后凯旋风干。

椭圆形的盘子在两手中及水花中翻转，它光滑的精神，已准备好随时再出发了。若不去处理那只酒杯，它永远还是立在桌上那儿。莎拉何必要带索尔特太太来呢？她根本不是我们这个圈子该出现的人，她就只在去年来过一次。天晓得，要不是教会收容了她，这种人会有哪个场合欢迎她？光凭她上个月为主日崇拜所插的两盆鲜花，大家就得对她的势利眼改观？他们也真是物以类聚，想想看，有哪个懂生活、有思想的人，会在大好的星期日早上时光，躲到教堂里闭着眼睛，口中念念有词，他们一定很后悔自己无法赶上内衣商店的特价时段。也难怪索尔特太太那么沉迷于教会工作，因为她就是靠着找机会向众人说她以前如何与前夫进入上流金融界的经历来维持生命力的，那段经历是她赖以存活的一只救生圈，唯一能使她免于灭顶的法宝。该死，她们竟从未请求她透漏某位大财主的私生活，从未问过她哪儿才吃得到上好的进口鱼子酱。

那些容易破损的许多餐具容器，在厨房里将这个女主人包围住了，她于是变成了一个手脚移动得既谨慎又不受其谨慎限制的人。在她的这间玩具屋里，每件用具和器皿，都藏有她这十多年来所慢慢发展出来的一套个人的密语，它们的位置关系，似乎能够满足她个人对他人的理解。或者——那六只倒置的高脚杯排成了一列直线——根本完全没有这回事？

她小时候喜欢看她排列那些汤匙家族、刀叉家族和杯盘家族，它们的大小形状都不一样，就像某种经常来到家中的人，她心里幻想得无比开心，因此，窗台上的盆景才得到了充足的水，窗玻璃才得到亮洁透明。如果教授是擀面杖，姑妈是切饼轮杖，那谁会是打蛋器呢？等一等再想下去，她快要笑出来了，是他们的到来，使得厨具展开它的人生，她多喜欢看母亲从那层层抽屉中取出厨具和器皿，真实地使用它们的独特功能，尤其是筛罐和奶油挤管，它们是厨房王国里的诗人，只有在一个结论即将诞生时，它们才会出现解决，创造出蛋白奶酥王朝和萨瓦兰蛋糕文明。

她在笑什么？海伦刚刚说的可是丈夫驻守远地的经验，她无法体会那种想家的情绪吗？女儿从未了解过穷困的生活，将来哪天要是又回到整个屋子里的东西只有身上那条裤子的生活时，她能怎么办？这些年纪相同的人，拥有太多远比现在眼前的景物更鲜明的那些记忆可看，她们没办法看见桌上那台昨天才发明的传真机。那是什么？又是一种等她学会怎么使用时，便已又淘汰的新发明吗？莎拉就是要对未来心存敌意。她轻摇着杯子，听着冰块在里头碰撞的声音，愉快地回忆着这汩汩的时光在以前所看起来的样了，因此，她的耳垂结出果实般的珍珠，领口开出了一排小小的缀饰花，就像是教会使她变换了发型。她总须找到理由去买那条在梦中出现过的披肩。

原本以为也许会聊到更晚，或者甚至住一晚下来。

道别的时候可以清楚感觉到，她们对这次不齐全且缺乏导师的聚会有些失望，即使明明聊得很开心，却是依然想要责怪这种开心。她们身上那个愈用愈破旧的部分，总是在最需要它的时候，才体会到它的不堪。每次经过一场友谊赛，她往往要再花上一倍时间，才能恢复平静，到时候抹布会风干，她要抛开对自己的神采的注意，轻轻地用房间的门，封住那通往人间的长方形大洞口，暂时从身份退出。但是她并未真的再次掉到那个领她今日至此地步的习惯中，她进入了丈夫的书房里，翻阅了几张置于桌前的译稿，对照着原文，她读着这首长诗的首段，以母语和惯用的语文两种。推了推眼镜，她想女儿读得懂这种东方式的语意吗？它可能使一般人有什么误解？莎拉对自己家乡的文化的景仰，还不是因为上尉以异邦幻想的情怀所感染的。她不可能再回去那个经常发生火灾和政变的家乡吧。表弟会一直住下来吗，在这里接受教育不是更好？女儿问。莎拉最怕又一个同乡来破坏人家的印象，并且抢走资源和同情，他也许会破坏她们的女儿与西方男士好不容易才产生的情谊，这种麻烦很容易发生的，因为年轻人有一个阶段，就是会对自己的血缘地持有浪漫的异邦幻想，他会这么影响人家是因为自己没本事结识西方女士。她放下那张翻译稿，盖上了心头上诸多负面的臆想。书桌上这朵康乃馨是哪里来的？一定是学生给的，花朵开到了尽头，这一刻是她短暂生涯的最高点，绝不能再拖到明天。这间书房壮硕地举开了它的高度与宽度，没错，丈夫完全继承了上一代的思想，他没有别的解释，然后大儿子是下一个，书房里就是具有一种贯古通今的神奇气氛，走进来的人，必定想要慎重地坐下来，看着花瓶旁的透明纸镇，登上思维的云端，将无常的风云雷雨，用钢笔笔尖挑散。

和背后书架相对耸立的，是另一排陈列架，她不曾这么清楚地发觉它们在这个屋子里耸立着。那里塞满了经典的名画集册，还有经典的音乐录音唱片，以及经典的电影录影磁带、复制的缩小比例的著名艺术品等等。她被这么多经典包围住了，可以体会这种热爱吗？她应该慢慢欣赏这些上千年的文明精华，在这里每走一步就是经过了一百年历史。他应该排定一套训练思想家的课程，每天几点到几点是读哪些经典，然后几点又是欣赏经典艺术，最后傍晚再去劳动吃苦一番，太好了，如此一来，哪天云端上的艺术之龙一感动，一定会屈尊飞到他的窗前显象，赐他灵感，这便是他们的儿子们所领受的前景——去敬拜这堆收藏的宝物。多亏了暖气机的协助，女儿才可能专心读着那本讨论科技剥夺了人性成长经验的名著。她深爱着这间屋子和那架空气调节机，她善待洗衣机和微波炉这些新时代的奴隶，现在所有矿物和能源这种奴隶，正将她如千年前的皇帝般服侍着，如此一来女儿便不必愧疚于要靠黑人女仆帮她洗衣服，自己才有空研究那门女性主义的课程。

　　一叠信件集中放在桌下的空格里，她取出了几封来看，那封航空寄来的讣告让她想起了家乡屋里的景象，窄小的晒衣台，和柜橱的门把，然后瞬间又忘了那种感觉。手上的信件牢牢地把那些黑字兜在线框之内，她读着字，觉得自己侵入了一个无所不包的大鱼网中，紧张地想找到缺口钻出这层细密的真实经验的包覆。她知道这间屋子充满了多少另一群极多的人的意念，这些经由表达力所释放到空气中的讯息，不眠不休地在知觉内流窜，像是调频收音机所接受的无数电波，有的在议论、有的在欢唱，一下子是记忆，一下子又是打算，样样清晰却个个都一闪即逝，它以数学的特性扩张着，既大量又快速地跨越过她，那是每一句她听过的话的总合，无法组合出完整的语意，又无法一一予以正确辨识。她曾经说过某件事，对某个人说吗？不记得了，因为只在脑子里重说了好几次，做梦梦见自己说过，结果她就没有再对谁提过那某件事了。

　　储存在架子上的书本，不断增加，往上叠高，真怕它们快压垮了这筋骨，书房是一间屋子里的大脑，如果崩毁，它就算是个疯子了。她每天都花一点时间，慢慢整理，依照类别和时代做排列，并且移至另一个订制的架子上，分散它们日增的重量，这项工程从来不曾停顿，不然这些硬块会开始堆放到走廊，甚至客厅地上，妨碍人家走动。到现在她还不能习惯吗？臼齿的蛀洞，旋紧的瓶盖，还有许多背后有支援与指使者的小缺点，样样都可能占用了她部分的判断力，使得当真正需要接纳一个对象时，反而强化她不应该持有的抗拒心态。那一道道字体不相同的书名，紧密地夹出一条条线缝，再亮的光线也照不进去，空间被吃掉了，往后退、往后退，倚靠在死角，等待自己也转化成另一册身怀个人见解的书本。又是一个不随身躯归于尘土的不朽精神，她不是唯一能和大家长相左右的人。看看那些令他们在深夜时，依然能振奋起来的文章，若非其中真有值得赔上幸福的东西，他们可能愚蠢到不畏丧命吗？

危险会令人害怕，除了后果的痛楚之外，便是它又不知何时会在何处突然发生，尤其当四周环境很陌生时，他就会不自觉地回头过去看看，很难料想若不小心，这里可能有什么危险发生。有这么多人在身旁，就算一头野狼露出利牙冲过来也不用害怕。一群懦夫在一起便没有人像懦夫，他要做出和独处时完全相反的言行，否则岂不是浪费了这个大好时机。

　　少部分的人已经在午夜前进入帐篷里休息了，其他人还在对面喝酒聊天，看起来就像一支小型管弦乐团在照明灯下陶醉地演奏着，远远地脱离了现实。他不好意思拒绝友善的邀请，说要去哪里听一场音乐作品发表会，他点点头便去打上了领带，尽管他对节目内容一无所知。有一条肥大的蛾类幼虫爬到他的脚踝袜子上了，他见到立刻挥手拨开，虫子滚到地上，他想赶它走，又怕它趁他休息时爬到身上，想到踩死它，又不太忍心，如果真要消灭虫子，应该这附近都要喷洒毒虫药才行。如果他们不把活动范围扩大到这么野蛮的地方，就不会有这种困扰了。不可能，他们肯定要走这一遭，由一株草爬到另一株，咬破外皮钻进果肉里，胃口大开，持续的咀嚼与吞咽，他还不习惯欣赏打击乐的演奏，坐在座位上不敢频频移动，密密麻麻的后脑上的头发，什么时候曲子才会奏毕？是自己要来的。他捡起一片大石头，压死了那尾毛毛虫。

没有人看见，就如同不曾发生过一样。这两个突然站在面前的人想要做什么？腓力和雅各不说话的时候，总会让附近的人感到好像有某种昆虫从此在自然界中绝种了似的，他们的学生明知没事，还是会不自觉地环顾四周一番。

已经连续三次了，每到会议两人碰在一起时，就是停不下来私语窃窃，耽误了工作也不在乎，急坏了坐在一旁的制作人。担任这一季舞团新剧的这位总监，同时也参与了舞码的编排，他个人过去一向欣赏那两人的作品；雅各的画作笔致苍苦，腓力的乐念简约，这正符合了他所冀望的舞台风格，所以才委托他们来为舞剧做配乐和布景。没料到进展这么缓慢，等期限一到若还没有动静，那他就要另请高明了，真是有恃无恐，他可不想在一旁催请再三，好像他是个对两位没信心的生意人。

前不久他的助理和舞团顾问听到他要请雅各的时候，就曾奉劝过他打消此念，这个人的女儿是个唯利是图的经济人，千方百计为的就是想要结识有名望的公众人物，请他们赏个面子出席父亲的画展，以便吓唬那些手上有笔钱，眼中没见过几幅画的收藏家。不管是政商界、学术文艺界，还是宗教界乃至于时尚圈子，她都敢闯敢邀，然后，雅各还要佯装出一副好像这种盛况可不是他低声下气去乞求来的，好像很有志气才因此精神感召了所有人。老实说，他的画翻来覆去还不是那套故技，要说这叫风格的树立也行，但是，总不能尽是挑苹果派来吃吧！大家不好意思拆穿他们的心机，结果反而愈玩愈起劲。当初他能挤进教授家的读书会，还不就是靠那张脸皮，看看他们家的房子和车子，就算今天起他果真无颜再使诈，他们一家也还是照样能过着奢华的生活。

嫉妒就直说，何必怪罪到社会公平上。至于腓力，他是个坦诚率真的人没错，但是他的毛病是专爱调侃不坦诚、不率真的人，他以看尽众生丑态为乐，所以他身旁的人往往也办不了正事。但是他自己的乐曲要发表时，倒是战战兢兢的，而且狂妄专断得很，一点也不肯委婉地为别人修饰一下自己的固执，除了作品之外，他就不计较太多了，最好世人都腐化堕落，唯有他一枝独秀，音乐家多半自视甚高、独善其身。可是如果这次不请这两个大师来挂上大名，恐怕不但门票会卖不到一半，而且案子也申请不到那么多公费补助。

其实他们八成早就完成了作品了，只是他们故意联合起来把大家搞得神经紧张，考验看谁有意愿肯卑躬屈膝罢了，顺便提醒大家他们的重要性，非等到最后一刻才肯开恩，这招哪个圈内人不晓得，就让他们陶醉一下好了，怪可怜的，辛苦地动了半辈子的笔，也该趁这机会捞一点成本回来吧。看，他们没有再聊天了，倒了一杯开水，走到阳台前，没有说话，这表示什么，快要发生地震了吗？

奇怪，那个坐在休息室里的东方人是谁？是腓力带来参观的，好像是教授的亲戚，前天他也去听了首演的音乐会，就是他，中场休息时他的脸色不太好，听说他的家属有人去世了，所以才让他到海外走走，这个月的聚会日，他们要一起到山上露营，哪个山上？要办入山证才行的还有哪个山上，那得要花上半天的车程和步行吧，几年前好像谁来探访时也是去那里，想想人为了消除情绪上的困顿可花了不少力气，否则海边不会有那么一条伸长至海上的长桥，桥头还盖了一家餐厅，三面环海、底下架空，钓鱼的人和散步的人在这桥头上一起欣赏西沉的夕阳，海鸟伫立扶栏，然后飞越整面天幕，这便是皆有丧失某位亲友的成人们共同兴建的环境。他们两人在想什么？腓力是真心想让所有人听到以那种风貌所呈现的乐曲吗？

观众的反应真好，那些敢表示不认同乐曲的观众，大概全成了躺在床上的人瑞了。现在只要有机会可以让他们把那件礼服穿出门，什么主张他们都愿意附和。光是看曲名《游击》，熟朋友就晓得，他准是要把年轻时参加示威时，用镇暴警察击打盾牌的节奏当作吹奏小号的伴奏那一套搬出来，深怕人家忘了他的政治立场，结果果然乐曲就是这么编写的——镇暴盾牌加乐团和朗诵。当然，有本领利用共同记忆的情感主题来创作是得佩服，但是把一首长笛的作品，硬是要和吹笛人与鼠灾的童话故事搭上关系，未免有些……等一等，雅各和腓力拿了一杯水，往休息室这里走过来了。

抬头一看，他从对方手中接过一块厚厚的巧克力饼，这种饼的热量和营养比一般的高，如果他们受困于这里，光靠它，大概可以活上十天。他闻着身旁这位脑中有着一大群乐手在制造音响的音乐家吐出白烟，烟味可以驱赶蚊子，腓力随手捡了一节树枝，并用小刀将它削成伞骨状的木花给他，好像那是一句能完全吸引小孩注意力的俏皮话，从天而降，逗笑了原本不是在笑的人。上尉和姑丈正在将火堆上一壶沸腾的溪水取下来，小心地冲泡着钢杯里的咖啡粉，他是分心还是专心，才会觉得这个举动看起来像是在朝拜上主？真奇怪，想想那些在舞台上设计过的每次的踩步和踢踏，想想人与聚合是多么地不可思议，它一个一个步骤地衔接着，原本空的，然后盛了溪水，吊在烤架上，沸腾出热气，最后倾注到另一个容器内，与某种素材融合出一种香浓宜人的信仰。他注意不要踢到脚边那片大石头，那是一只虫子的墓碑，它会不会永远都安然地保持这个形状和位置？大部分的人都进入帐篷了，不知道表姐在家做什么？她在他不能走过去的地方写字。帐篷绷紧的外层，光滑地将橙黄色虔恭地铺在月光足下，睡在里头的人，想必是娇弱不堪。这夜晚是漫长而辽阔的，它与被蚯蚓所钻松的土壤一样易于让人翻埋宝贵的东西，也许它早就容纳了太多失去主人的物件，随便任后人摘窃。在这里，神学院晨祷会的钟声传不到，紧急救护的笛鸣也传不到，犀利的投射灯更照不到，只有那座帐篷像一面船帆般，静栖于碎石之洋上。当营火渐渐熄弱时，他捡起了一块柴枝扔进去，于是火焰又明亮了起来。

5

　　统统都会到齐，再等一下，他们还在途中行走，从原本来得好好的情况中，毅然罢手退出，两扇衣橱的门伸张，他们一刻也不停滞地如时节般恪遵着律则，没有别的理由怀疑，那件悬吊得直直的长裤和扣领衬衫，以及棕色的宽搭裙，他们之中没有人能特例回避，不管事实上有多少个人方面的意愿，习惯就是常轨，以此为中心，坚定如欲返家，当见到那个交叉的符号时，他们会统统都到齐。

　　闻一闻，空气里有一种味道，那是最后胜过其他对手的强者的气味，比如书本盖过了胶皮软椅，琴弓的松香盖过地毯。虽然草地的气味终于嗅进了脑中，但是它已负伤累累，而且太过普遍，哪种气味不都渗杂了别种，如果光凭它来辨识自己身在何处，答案可能会是杂货店铺，或者是一间旧得不能再旧的宫殿，那些自寝室及厨仓飘来的在时间长跑中消失的气味，逃过了警用犬的鼻尖，使得草地的气味得以重返它辽阔的生涯。

他可以把眼睛睁开了吗？会不会所有可以一览无遗的景象都争相要扑进他的眼膜？他看见了椅子的脚。垂直一根根抵住地面的椅子脚，一排之后又是另一排，还有连接各根之间的横木条，往上伸挺的椅背，整齐地阻碍着人通往讲台，留出来的走道分开它。它坚持要大家以这种位置距离坐下，像是冰箱里的置蛋槽，一坑一坑地预设着，这并不令他感到陌生，学校的教室和音乐厅也是这样庄严。

主日崇拜的仪式使得整间教室的朴素起了作用，姑丈也连同变成了另一个人，好像一个舞台剧演员下到后台，准备要导演指示他下一幕该注意什么地方，上一幕有何失误。不论究竟心里如何看待，至少他们本人确实坐在这里，表现出符合一个坐在这里的人所该有的样子，没有例外的主见。关闭的抽屉和各种门板，遮盖了其中放置的一套百科全书也不见得会提及的物件，相同外表的平滑面板之下，哪一格里头会放有一把榨蒜钳？哪一层窗帘后会住有一个诗人？不知道何时才会，非要指定使用那把钳子，否则它怎么会在锯齿刀的旁边放着？特地远从东部搭飞机来助讲的牧师，受邀上台证道，注视演说者是一种基本礼貌，话的内容绝对无可挑剔，如果这间拱锥形的教堂是世界中的一颗宝石，那这个人的一席话必定是宝石的透明度。

他可能是唯一没有用听觉向讲台伸张的一朵紫色酢浆草，为什么本能也是一种会丧失掉的东西？他何尝不想明白那一些传承下来的经典，朝向它全然地张开花叶，一扫自己浑身的萎态？少来摇尾乞怜了，这里哪个人不像姑丈一样通晓大家所赖以维生的语言，当一个个想法被说成句子出来时，他灵敏的知觉便派上了用场，稳稳地接住那记快速球，然后反应很快地又传掷了回去，光是这个行为本身就很有趣。他的妻子女儿就坐在左侧，供他察觉自己是何许人，在做着什么事？

就算那是引用自经文的一段话，但是它不可能凭空就成为他的一部分，即使下一次他能在讨论问题的场合中，十分恰当地转述这个看法，把它如鱼和饼一样传开，使年轻的人得以饱足，事实上，它顶多只能用手提着，背负着一大袋的行李，吃力地要求自己增长出相对能扛起它的体力，为什么它不能变成他的营养和肌肉？

假如愿意，这个人一定能够无休止地说上几天，将半截的文明史全部束勒在话的始末之间。到底上尉想对她说的是什么？早上在课堂上旁听的时候，他只是在易见的位置出现，让她发觉一个人终生是活在一个多么自由的条件中，他说这门课的进修，纯粹是个人对自己这方面的期许，父亲奉劝过他不要接受习惯的摆布，这有必要让她知道吗？一开口就像打翻了手中的贩售箱，人家打翻的是一堆发夹和梳子，而上尉则像打翻一群白老鼠，它们四处散逃，让想捉回来的人手忙脚乱，父亲带着一份刚译成的序文走过来交给上尉，他舍弃了这个女孩的帮腔，独自说出了那段表示；退出聚会的人并非心怀不满，留在他身边的人也不见得是心悦诚服。

逐句念出书中那一章，父亲的嗓音和语气是所有人之中最具说服力的人，凡是出自他口中的字，都像是一根根等距的栏杆，它们将人安全地拦护在危险的边缘，看看那个恐怖主义横行的专制王朝，谁跌入那个体制下，必定会粉身碎骨。他应该因为从口中颁布这些仿佛是他写的文告而获得大家的景仰，上尉怎么可以让笑容在他的上空飘扬，她接着看到大哥模仿父亲的腔调继续把那一章念下去。他真的无法体会那本经典的卓越处，知不知自己正在读一本该在读完后深深感动的经典？祖父为何不干脆说出来，他们这一代的年轻人不是尚有诸多领域待探索，而是其实根本不知道干什么要去探索？他不明白感动为何物，那本书是由一个核心思想破解成上百万字，而非上百万字构成了一个核心思想；那些文句是不断由下一句拉着走的，而非由上一个句子推着走，这是完全不同的两回事。天晓得散会之后，这么一个孩子会去做什么，一口喝完剩下半杯的凉茶，祖父便要提早退下去休息了，一个论调的生成是何其轻易而普遍，他们无时无刻都在借着那么一点能量，传播着塑造成今日的他们的那种养分，表姐每次走在那片按时请人来推剪的草坪上，就会显得犹豫不决，她的脚在裙盖下跨移，教堂就在街口朝着她的视野高举它的屋顶尖塔，骑行在单车上的人的心情充满快感，那些被她拿出来说过的一大团话语，这是怎么一回事，他们正打算一起迈进台阶上的明亮境地内，没有一个例外。

绿色绒布制成的那只袋子，汇集了大家的一点金钱，传到了他这一边。还不是为了将来获得更多回报，或者减轻心里的罪恶感才这么做，她真的这么看待别人？吸收了那么多来自各方面供给的报告之后，却要反过来否定那些价值。低头下来，他们全部都认同某种沉沉压在肩上的威严必须存在于意义层面上，就在这块介于内与外之间的长方形玻璃窗上，充足的日光直透进来，一整个白昼、一段漫长的气候变迁以来，都是如此。他们的陈情攻入心灵，他们的口齐唱赞美诗。

6

隔离不是检视自我的方法，而是反而增强了自己对外物的思念。她渴望马上飞奔到购物商场去，对，只要去那里不就一切都解决了。实在想不出有更美好的地方，如果她哪个星期六不能去那里，就会整天觉得情绪低劣得好像在计程车上掉了一只刚买的行动电话一样。

打从小时候第一次走进购物商场开始，带着一次次彩色氢气球回家之后，她就喜爱这个地方，尤其是地下二楼的游乐场和第三楼的玩具店。这是一个完全和家中不同的地方，而她明白自己有一大半的成分是出自这里，她的家并未完全支配她，就像人类身体的部分是来自于猿猴，而心智的部分则是源自于在乐园创生的二位始祖。这两种特质在她身上结合，也在身上拔河，她的星期六和日，是与一间屋子里的书房和厨房那样不同，它们各储存了两套相反价值的人生，但又像两性生殖器的互补一样密合。

一到星期五，她就会耐不住地想象这星期又有什么更新的货品会展示在陈列柜中，就是因为家人不鼓励她购买，所以只好更加勤于反复去欣赏，好像整个占地面积千坪的购物商场就是她的御花园。她从未料到，自己想要的东西，竟要一栋十二层楼空间的百货大楼才容得下，要是她无法拥有它，恐怕永远都会感到自己太不幸福了。对她这样的人来说，这才是一个真正完美无缺的小世界，从导览的介绍图看起来，它的规划和分类是那么吸引人，不要说一天，再多天她都能居住在这座由繁灯与玻璃所筑成的、一尘不染的圆岛上。当透明的电梯缓缓上升，她俯瞰着这闪亮的千色之国时，心中便会产生一股感动，好像自己目睹了历史的某一面结论，那无数个黑暗的日子，为的就是要来到此地，她站在叠罗汉人塔的最高处，她不明白自己为什么沉迷于此景象，但是她恍然明白，自己的故乡不是在东方或西方，而是世上每个购物商场都是她的故乡，只要哪里有那家连锁餐厅和品牌，哪里就是她的故乡，是她深植情感的流动式的土地。那些招牌标志给她的亲切感，是真实的。

一趟几十分钟的车程，把她在与表弟由公园走回家途中所想的主意达成。经过了一条隧道、一座跨河的桥和一个东方人集居的社区，驶过快速道路，便抵达位在市中心附近的购物商场，他们下车穿越了停车场，走向面前那片雄伟的建筑物里。

在中央广场上，他们和其他人看起来一样兴奋，围绕在四周的，是流动式的精品铺子、宝石首饰、烛台相框、皮包丝巾、手表瓷器，它们的式样能满足各种人，或者说，它们的式样期待了各种人能以此为满足。看到它们的人必定会在脑中幻想出一种理想式的生活景象，他们要过着会用得到那组沐浴香料的那种生活，还有拥有那种以使用咖啡炉为乐的情绪，以交换一件小礼物为乐的记忆。他怎么可能愚笨到不肯买那组典雅的木柄刀叉来使自己陷入沮丧？他们挽着手通过人群聚集的推车摊贩，走到广场的人造庭园区附近，那里的空地上，这周是展览运动健身器材，旁边则是喷水池和遮阳篷下的饮食区，坐在那里的人，很自在地聊天，看别人的穿着、喝饮料、讲电话、在笔记型电脑上写作。在花圃前的年轻男女，他们亲昵着，欣赏站在箱子上的人弹手风琴，用即刻显影的相机拍照，所以在这里的人，都令他羡慕。

虽然他生长在落后的东方，但是早从他有记忆开始，那些西方的事物就一直强烈地如月球般远远地吸引着他，那仿佛像一只躺在红色绒布盒子里的钻饰，离真实生活太远，但又让人梦想获得，这就和西方艺术家一见到哪怕只是一点东方的艺术品，便会被激发许多兴奋的灵感一样，尽管那种印象是出自个人一种对异国文化很浮面的认识所产生的幻想。他不认为这种情怀和羞耻心有何关连。

打开他放在家中床底下的喜饼盒子，他便能清楚回忆从前自电视及过期外文杂志和电影上得到的西方事物。盒子里满满广告传单和剪报，给了他许多乐趣。记得以前每到节日，电视上就会播出许多特别节目，如马戏团表演、魔术表演、花车游行、选美比赛、足球与啦啦队和乐队、广告和卡通片、美术馆与城堡的介绍、舞蹈和讽刺漫画，还有舞台上演奏电吉他、鼓群和萨氏管的黑人。他专注地欣赏每个节目，他们的言行和实际身旁的人多么不同，他透过许多电影，看到了后来才日渐普遍的西方食物、衣服、家具以及生活观念等等，如今他真的置身于此，这个藏在喜饼盒子里的世界正围绕着他，他觉得想要变成这里其中的任何一个人。

那位在自动跑步健身器上原地跑了十分钟的健美先生，受到了围观者的喝采，大厅前，一个身穿头戴卡通兔子造型的人在和小孩子们招呼，节奏轻快的音乐透过扩音器响遍各地，然后播音员报告特价活动的消息，这里，没有一点空间不存有人的痕迹，浓密的影像像是一锅倒入了各种使人产生香甜味的配料的人汤，他看着滚沸的人影不停地翻搅着各种产品，大厅里的化妆品专柜和女鞋店，就像是爬满了蚁群的糖块，它超越了美与丑的标准，傲然地散布在现实领域中的最表层上，这零零碎碎的自主，到处淌开，孩子就快走失了，它们像是一颗马铃薯被磨丝板刮成纸屑了似的，构成了一件非理性的艺术作品，那是一本经典中的数个字句，一个思想的实现，永无休止地升降的电扶梯和电梯，自动门和回旋门的运作，而他正在经验着它，他试着读懂它们所拼组起来的意义，明白自己所向往的是什么，他能否如愿当一个魔术师或驯兽师？一整排的女装就在面前垂挂着，这是什么样的人所要的东西。

她怕表弟对她想看的东西没兴趣，所以就走过了女装店和卖发饰、首饰的店。上楼买了两杯撒上花生颗粒的冰淇淋，他们坐在过道旁，看着那几位从最高级的服饰品牌的店走出来的人，并且看着通过面前的这几个人会进入哪家店，不是寝具店、不是电器商店，停一下，还在走，他们都猜错了，那个人是去楼上的书店，真奇怪，难道他不认为钟表造型的设计更值得驻足？

表姐带他到了楼上的电影院，电影的剧照就贴在售票处的旁边，看起来很有意思，那个女主角会不会及时得救？时间正好赶上播映，于是他们进场观赏，位置就在戏院最中央，关上厚重的两侧大门，熄灯，这场电影只有他们两个人在看，影片光亮地投在壁幕上，它巨大而清晰，好像一只随意转移方位的眼睛所见之景象，不管那是能不能去到的地方。他们静静坐在漆黑中睁大眼睛，看着影片所记录的演员的一言一行。

起先，那个层楼的一家人在宴客，席上的一位年长者看出了女主人对婚姻的失望，以及子女如何轻视保护他们的人。孩子们结伙在地下室为了一个口角斗殴，把他们对于父母的不满发泄在折磨别人和自己之上，一位少年在发现一位受暴的少女时伸出援手，可是随后赶到的家属却误以为他是施暴者。接着，男主人向长者吐露整个事件的一面之词……。这是一部令人惊悚的片子，节奏漫长，一点细节也不放过，但是它所呈现的，又是裁剪成极短暂的片段生活，它进行得充满了作者的情绪，这样子表现究竟有何居心？那些在心头老是念念不忘的事，凭什么决定一个与它无关的想法该怎么呈现？

影片持续地播映着，不容许分心，只有大脑和眼睛是有用的，好好安分地当一个观众，会不会最后手脚萎缩，在影片结束时一同断魂？她要是也能有段经历在影片中见过就好了，别人全身上下都罩在故事中，她看过不知道多少尽是些摊在自身以外的感人故事，此外她还做过什么事？告诉丈夫说他不该在出差回来时顺便买了那组不漂亮、只是很便宜的餐桌，家中早就存放了过多的碗盘或衣服，不要一直想找机会指责别人，他那么卖力大展长才，还不是为了让孩子有更多时间读书充实、衣食无虑，这样便再也不必辛苦地走出门，食物会在订购后三分钟自动送上门，感谢他把事情都抢先一步做完了，这样孩子便能什么都不必努力了，目标终会达成，这世上哪件事的进行不是自然而然的？不想用灯看书就不要用，如果说增强智商的手术是不自然，活假人是不自然，难道种疫苗和畜牧就很自然？各位听听，废物要开口辩论了，希望蟑螂不会从嘴巴里爬出来，别担心，这是一个短暂阶段的自然现象，这总比装作豁达理智来得可爱。除了看电影，她还做过什么？

她看见了一个人鬼祟地掉头离开，留下了一把小火在楼梯间散置的杂物上，全看它的造化了，照理说它尚无太大的危险性，可是它现在酿成了灾，这可算是上天的旨意，这是给缺乏应变准备者的教训，买得起房子却买不起灭火器材，而且，如果地面上空无一物的话，火苗根本无路可走，比如在沙漠上和在山林上，同样一把火，却会产生完全相反的态势，是他们自己在四周挂肉引虎，为火开路。哪种学习不用付代价？

　　烈火驾到！回避，快点逃，没有时间了，丢下不舍得丢下的物件，救人要紧，邻居们有的往顶楼跑，有的只敢爬出窗口。浓浓的黑烟和热腾腾的空气，几乎就快要煮熟那群锅笼里的小虾米了，有的人还在睡梦中，有的人幸好那一晚跑去酒店寻欢，逃过了一劫。她穿着睡衣在地面上爬行，捂住口鼻，惊慌地向可以行进的方向闯过去，是火焰逼她来到那个死角的，不是自愿的。救援队的车顶上的警报器在鸣响，响亮得像从天而降的号角声，急旋的红灯引起路人的注意，但是根本来不及，他们明白自己困在死角，就快昏迷过去，攀住窗架的手僵硬发颤，最后的时刻要做出决定，地面远远地展平，车灯小小地在黑暗中勾画，车轮在旋转、阶梯在层层旋转，还有光谱和音律也在旋转，她是自己决定要落下的，她不是出于自愿才做此决定，只是忍受不了而非出于决定，落下，在半空。瞬息，它多么短促，来不及反应该好好把握，或是置之不理。

有多少东西能被着烧，火势就有多大，假如那有一栋十层高楼，火焰就壮大如十层高楼，它每件物品都要去摸，野蛮而欢腾，早就不再是当初被人放纵的那把小东西，他们该阻止延烧还是赶紧逃命？设身处地为别人着想的人，真的能故意假设得出该处境下的感觉吗？想要用此手段就一举将满腔的罪恶感挥掉，真聪明，而且谁真的对自己残酷到那种可笑的程度，表姐不想忍受影片造成的压迫感，一旦带有企图，她便要强悍地排斥作品的美好处，不晓得怎么有人一心就是要写出那种让人读了之后会掉眼泪的文句，就算眼泪是一种情感上达到高潮的证物，但是这根本不能因此证明其优劣。

问她有没有感动过，她会反问：何谓感动？然后她又很懊悔，怪自己太不近人情，然后又觉得为这种事懊悔太愚蠢，不必再去想了。让电影按照它的情理去畅言，她可以冷漠地视一个人的彻底消失为聚会中的退席者，仅此方法能对制度表示不满吗？她没有做出表示，意外发生的事，并不在判断的根据中，偶然蹿烧起来的冲动，足以扭转习以为常的态势，改变的发生在一个人的身上，很难领略察觉，房间的零乱和一件私藏物的遗失，他只要把房门关上，像盖上一箱下一季衣服的储放箱，断绝两个时节的连接，每一日都是独立而生疏的面貌，全新机会的施赠，他们听到了许多警示讯息，对于整个活动范围都存有戒心。

原谅那些情绪化的反应，她很羡慕无私者那般气定神闲，师父能够漠视物质利益，崇尚禁欲冥想，这并没什么了不起，早年他像皇朝王子般享受着荣华富贵，等玩够了、玩累了，理所当然就会改变口味，看破一切，追求精神上的成长，他怎能因此劝说那些没尝过甜头的人，也要陪他一起读书？他不应该大肆颂扬寂寞孤独，那些变成自虐狂的追随者，不了解寂寞只有偶尔穿插在人际间，作为一种调配性质的装点时，才算是有益的，结果他们居然硬生生地拒绝了所有往来，把自己放入严苛的禁闭中，等着看孤独准备使出什么魔法，助他成为出口即为典律的仙人。这该受到局外人的干涉吗？任何一种过错都该受过来人的制止吗？他不可以有权利犯错？他怎么会把思考推进到那么一个险境？总会有办法可以同时阻止延烧又保住性命，要存有信心，这不是可笑的，琅琅的读书声和市集的游赏，是一样可取的。

播毕的影片，倒空的玻璃酒瓶，他和表姐在游荡中用掉了时间。人群走光的庭园，停歇了的机体运作，烧光了的灯火和封锁的铁门。流失了血色的脸孔，流失了笑声与香味的空气，大地一片焦黑。

噢，是什么东西使得死亡成为一件悲伤的事？

7

　　一旦养成习惯之后，自然对于那个景物就会减损一些注意，有的时候她会忘掉今天早餐吃了什么，外出时是否把某个开关和窗户关上了，当每次吃早餐或关门窗时，她都不觉得自己在做那件事，有时会忽然记不起现在是何时何日，所以坐在一把刚刚搬到窗户旁的椅子上的她，会在看见客厅这些在谈话的女士时，感觉到情况相同的某个昔日又重现了，特别是当同一段重说过的话又出现时。

　　这像重看了一部电影几十次之后，不论内容多么好看，都已经在意义上显得丑陋而令她厌倦了。它就是偏偏不会恰如人愿地受到制约，——它就是永不结束地使清醒维持在虚弱的状况中。

　　海伦原先在路口看——见屋子门前的大灯时，还不那么相信这几个伴友会真的期待她带来一道小甜点，说不上来为什么，像是一场音乐会上，乐手们手上没有乐器，以往她们丈夫必定会伴随，很自在地促使一个共同主题的引入引出，以便她们可以跟着附和，或者游戏似的斗斗嘴，用简单的俏皮话回答问话，气氛是轻松而生动的，但是现在十分钟过去了，海伦还是没办法不一直想新的事来聊，这番救援无非是要她们在冬日中打消睡意，开始美化另一个较深的层面。

到底这一晚的读书会还要不要如常？索尔特太太会不会拣选那本新译的诗集，翻开第一首，把那些源自情爱的句子，鲜嫩地读出来？那会是一个回避自身困境的好方法，她们终会需要一本大书来替自尊心解围，不管此举的乐趣何在，它好像具备了远比文句本身的涵义更多的作用。不要以为是因为动听，所以她的丈夫才说那些话，她们欠缺知悉周遭有何不足的能力，一个稍懂得抒发贴切的情致的人，有可能坐视意兴减退而闭口不言吗？这令他们热中于投效许多精神，深怕一时间的冷淡会接管了她的心智，渐渐无故地认定对方不可能懂得何时该去，问她要不要出门透透气。

一刻也不能怠惰松懈，茶水保住了温热，一整晚，在加温壶与密封隔离的瓶子里，一种最佳的状态使她们确信自己是在为一个有意义的组织付出，它能如沙发般柔柔地承载她全身重量，能与那件毛线衫一起围绕着她，有一天这个组织的获益会令母亲喜悦，她所拥有的每件宝石，都会披上期待中的光泽。去年生日时，她儿子送的琥珀手环出现在谈话内容中，夺走了其他议题的地位。何者是最想立即倾诉出来的讯息呢？绝对不是第一件她听到的，会是关于牧师要买下北部一个农场那件事吗？对于那位学生的创作万分赞赏，并不代表她会允许女儿嫁给此等天才。说到参与舞剧演出的团员，母亲感到好像屋外的小虫子——从某个破洞处飞进了屋内，虽然没有重大而立即性的危害，但是它们要一天天地将她如尸肉般蛀咬，毫不客气。这不能怪谁，谁叫她生为一个有思想的那类活物，不能愉快地在土壤与叶茎间跳跃，不能天真地从舞剧排练的场合离席，看他们跳得多像一只昆虫，一只在野地睡醒的昆虫，纵然有翅膀带它历险，但这间屋子的某个漏洞，并非明显得能以那几日的寿命就发现得到的。

　　客人们知道进大门时要快点关上纱门，并且记得伸手挥赶一下门前，她们团结对付屋外的入侵力量，仿佛那足以致命，若说她们是世上最后一批女人，因而获得最好的供给与照料，那也是可以相信的。大概是一种禁药私售的结果，大家都如愿生了男孩，将来他们势必每十个人才能分配到一个妻子共同，到时候她们会得到更多敬拜，女儿会有足够的时间织毛线，完全潜心于抵抗入侵的蚊咬，刚才她们竟喝完了那壶茶，只是一人一杯。嘲讽和幻想是难以了解的，那才有趣，但是一眼即可看穿也并非绝对无聊，而她只字未提的事也不见得是不重要的。

　　很难看出来，究竟这个女人在哪个方面会使教授那种人期望自己会是个想与她一起生活的那种人，这表示她具备了不易呈现出来的迷人特质，或者只表示了教授是个不计较她如何固执的容人君子？除非前提是他也是会在冲动下丧失判断力的话例外。委屈了这个女孩子，她应该多和同年纪的人出去玩，而不是陪这群妇人消磨时间，等到她们解除警报，不得不松软了身子死掉后，大概这孩子也老迈了，别尽是丑化自己，孩子还没聪明到会责怪她。当葡萄红酒倒出杯子，她觉得同情这个在中学教了十几年书的女人，可以想象她真的想要如愿去旅行，可惜她的身体实在太病弱了，无法配合得了求刺激的欲望，她捧着酒杯，离开位子，独自走到书架前翻书，一点酒应该不会要了她的命，那本能令她感兴趣的书，恶化了她对超出能力范围外的目标的需求，一个旁观者就是想半途帮助人家，不然懂得欣赏生活的美感，应该不至于那么困难才对。她的大儿子还在摸索能令人刮目相看的方法吗？有哪一句她们说过的话未曾出现在历代某一本书中？有的甚至读过了，但是却一直以为是自己先想到的，不要感到挫折，相同的话不一定是抄袭，每一句话都是东抄西抄的样子，她就是靠这个成见来维持阅读一本书的热情，接着她又会从记忆中找出相似风格的书，说它很像它、像那个加上一点那个，此外大概没别的方法使她产生成就感。要摆脱令人深感不悦的低俗，难道是像她那般拉着高贵者衣袖的样子就行了吗？日益缩小的空间，将她们的距离又束勒了一点点，就是不会有一个片刻遗漏在意识之外。气质的高贵有什么了不起，她就是偏偏喜欢低俗、没有永新常存价值的事物，那些只保有一朝一夕的寿命的玩意儿，如果没有助人自一朝一夕生成的冲动中解脱的小把戏，她能安然去追求长久价值的大名堂吗？还不是刚才那根燃烧了五秒钟的火柴，她才能吸这根五分钟的烟，满足习惯性的欲望，她一定不曾想过，身旁有多少低俗的东西在伺候她，它们远比被歌颂的对象大上千万倍。

只取精华不就好了，她还不懂精华的重大意义，听她怎么用那一两段主见加入谈话，有哪个看法能将她们刚才谈到的观念一扫而空？她的人生因此枯燥了起来吗？该不该把对她们的看法放在心上？真想立刻就跑去公园里那个花生夹形的溜轮场上溜轮鞋，放一双脚不用在家，这多可惜。她低头看着地板。

出于礼貌上的认同，违反了自己真正的看法。香烟前端的红色火星，一丝丝地燃亮，化成粉灰的小纸柱，落在铁碟子里，那些把人的注意力如花圃土壤吸收水液般吸引掉的微小景象，就不厌其烦地点缀着四周，一个小孩见到会伸手过去探究，那是什么东西？有哪些形容词可以明确地拍摄下它复杂的影像，使人毫不犹豫地就能够晓得，那迫使情绪陷入极端狂热的事物，的确鲜明可见，而非因人而异的幻觉。

精神是愈来愈疲劳，但是还没睡得着，这样可不行，没有人不靠睡眠就安然进入到明天，不论睡前想过多少庞杂可观的大事，最后用光了所有精神，还是要倒躺下来，简直像是玩笑，他们就一条条地睡在身边，一点也不排斥躺这么不舒服的地面，帐篷的材质将营火的光遮得朦胧。他总是和男人在一块，一个女人也认识不到，大概是某个富商独占了一千个女人，使得另外九百多个男人分不到配偶。他告诉自己不可以犯错，不要耻于成为自己这个人，总要有人牺牲成全，这没什么大不了的，哪个人没有满腹的牢骚和委屈。

听人家诉说曾经历过的苦难，是让人难过又必须做的，去了解事实细节真的有益于忘怀烦恼吗？向导自己枕着石块，睡在离火最近的位置，厚毛毯裹盖着全身，让人以为那是只患病的小熊。他喜欢禽兽胜过于人，光是欣赏那瞬间远远地在树梢闪过的鼠类和鸟类，就会想要让人为了这一幕，而就变成一个诗人，他如果会用语言去赞美一个对象，那他一定会哑了嗓子。

希望能更接近一头野鹿，有一天，它不要再害怕他，可是一定会紧张地逃跑，一下也不肯让他去摸，它们真是美丽得既神秘又高贵，如果能摸到它的背或脖子，那种信任会使他喜乐至极。为何它们天生都懂得要躲得那么隐秘？为何它们不喜欢人？他无法成为禽兽的家族的一员，他是个孤独种族的一员，顶多只是个嗓子哑了的诗人。

张开口却发不出声音，喉咙又干又紧，全身发麻，这种奇异的感觉并不陌生，它不是新的，而是由自身平时某个微不足惧的小小不安所放大增强而成的。它长久以来都保持那种不友善的表情，一言不发地乖乖坐在角落，真担心有一天那么一个冷僻的人，会突然做出令人预料不到某种惊心之举。黑夜将世界关进密闭室中受罚，没有人听得到呼救声。他觉得像是被活埋在地面下，躺得很不舒服，动弹不得，他无法得知时间经过的长度，说不一定只是五分钟，说不一定已经日升日落过数千次了，因为他感到一股很巨大的无意义，在快速地摇晃着无数种见解，像是摇撼着一罐沉积许多原料的果汁，他不了解那些一闪即过的讯息与自己有关系？它那么真实地传达出可以知晓的见解，但是湿重的软土压住了他，他靠吃着无意间爬进两唇间的六足虫维生，软弱而无能，植物的根须贴住捆住他，吸饮他的水分，脑中每个经验都被速度的急快摇晃得轻飘飘的，零碎散乱如石子与叶子，它就是如此分布于世，没有经过设计，这般弃置与放任，是多么令人兴奋而忧烦。现在他是个躺在一层胶质布保护下沉思的人，这件事可以是这么不寻常，好像此刻能在他思想中出现的事物，都会变成节庆烟火般，射入夜空，然后炸开，那火花就像一只要伸出去捉捕什么的手，可是却又落空收回来。摊开手掌一看，他捉到一只蚊子。

大概是睡袋包裹得太紧，他觉得闷热而干燥。他只想要用一整天时间，到公园的鱼池旁读一本书。

那日新又新的步调，踏上了许多可以踩过去的平坦路与崎岖地。之前已寻获的位置，环境宜人，适合扎营；之后又发现的却更加美好。不可能满足于此，一直停顿在这处阴凉下的，他们要找到更多适合卧睡的地方，才肯放下背包说：就是这里？他们在途上的脚踪无可知察，仿佛从天降下、自地生出，然后随时准备再行进。表哥跟在腓力的身后，带到哪儿就跟着去哪儿，他不环顾景况，只是留意脚前，除非有人告诉他：看那边，这个角度看过去真是漂亮，这棵不晓得几岁了，看，它这么高大。

陡峭的斜坡即是他满心的不悦，气喘连连时，他不会想说话，不会胡思乱想，只是自然成为一个不停移跨两脚的走路人，直到那一杯咖啡冲出热气和香味，他们才开始像在卷收钓鱼线般，回想整趟沿途的转折，开始体会到眼睛正在看着的景致是何等丰美。

是什么心态会连这番体认也想推卸掉？他应该更主动去学着做一个懂得欣赏美感的人。这就是透过电视节目所传达出来之事物的本身，未经过制作剪辑，如此一来他还会接受它的严肃性吗？谁也都希望和他们一样，也许是在私人音乐会上呈现学习几年拉奏提琴的成果，并且在接下来的庆祝派对上尝遍各式点心，告诉某个刚认识的朋友，她的外套是在哪儿买的，她最喜欢的电影是哪一部。或者去参加某个足球队，相信也会很有趣的。

　　对，这些得到了众人奉献其心力的活动，相信都是很有趣的，他们招待一名远来之客，与他一同想尽办法要在世上得到饱足。表哥赞同他父亲的所有看法，不就为了要借一笔钱买一组电脑，一组具备许多功能的电脑，这样做有什么不对？无情可不是一心努力就可以培养得出来的。他就是长成这般无情，对人既不爱又不恨，只是毫不在乎，对任何可悲的事都觉得不是很好笑、好玩，就是很无聊而已，这样有哪里不对？

　　即使自找麻烦，他们也绝不会放弃教育孩子。社会意识？是一种食品名称吗？教授顾着吃光盘子里的花生豆，完全不去理会学生们说些什么。恶意的胡闹才能带给他够分量的饱足感吗？任谁都无法阻止他们把一日的精神，以各种方式用尽它。夜晚无疑是和平的，它美好得宛如安静的图书馆和教堂，处处引人理智地沉思、时间的顺序在此刻重组成一部书、一篇讲词。牧师神情投入地在演说中读出一段经文：人睡醒了，怎么有梦；主啊，你醒了也必照样轻看他们的影像。那只是一小段话，岂能动摇一个植于观念之上的判断？他就是认为孩子们有一天会懊悔不已。

还是没有睡着，即使很可能下一个小时天色就要转变，像是一种交替作用，未曾间断过的光亮，从一处坠缩至一处，又从该处跃展回原处，那堆营火老朽成了明明灭灭的红色小驼峰，温润地含住那即将散失的热度及亮度，缓缓撒手。像是一笼金光逃逸掉，不再集中形成焦点，而是令人惋惜地逐一稀释在空气里，淡化着黑暗，他觉得和平原本就只能存在于战斗得很累的人的不真实

的梦境中，而他现在要享受它，即使它不是靠任何人有
意识的努力去创造出来的。现在，每个人都是静止的、无
声的，一出剧要准备登场，他睡着了。

8

　　一定是一时大意，忘了戴上帽子，丈夫才会受寒感
冒的。回来的隔天，他就一直咳嗽，早餐过后，拿了这两
天的报纸，丈夫就一直坐在客厅，两脚掌泡在一盆热水
中。他是有点喉咙不舒服，但并未如妻子所料的那样感
冒，喝完那杯咖啡之后，妻子买好菜回家了，她过来坐
在身边，与他聊起了这两天的情形，丈夫看看窗外，好
奇地问：那两个孩子到哪去了？不知道，他们没有说。

　　打过几通电话问候其他这趟同行的友伴之后，他的
睡意似乎仍未消退，打开书本读了几行，便阖上眼皮歪
着脖子躺在靠背上，听着收音机广播新闻扼要，以及一
段段乐曲，如果能突然听到一首喜欢的歌，便会觉得很

愉快，可惜好像事实上他喜欢的歌曲太少了。

妻子则正在一旁窗子前的写字台那里，翻阅周历，提醒自己要记得哪些事。她拿笔写下那些宴会、课堂以及班机的时间，然后从浅浅的抽屉拿出卡片，顺便写了几张要向一些人致谢致贺和慰问，最后是签下名字。她很喜欢这一首正在播放的小曲子，虽然没有听过，但是她明白这就是自己一直想听到的那种曲调。她停笔下来，想不出该写什么话给牧师祝寿，就谈刚刚丈夫说到关于露营的经过好了，或者根本不必，只要一句问候奉上就好了？在纸上聊天好像太随便了。

要不要打个电话叫儿子回来吃一顿饭？这两天大家都累了，最好不要，大家也都有事情要忙。她不期待下次聚会吗，那个谁不是订婚了吗？对方女上是从事室内设计的。那件裙子他没看过，不像新买的，可能穿过几次没注意到，背后看过去，她的裙子像是舞台上垂阖的布幕，她何时会站起来溜走，与一个人在一起却不交谈的话，到现在他还是会觉得不自在，因此他的书房有门可关。现在他不想再问关于索尔特太太她们来家中的事，丈夫一谈到以撒一家人，就觉得自己不厚道。

接近中午时，她进厨房准备午餐，她挽起袖子，站在打开门的电冰箱前想了一下子。

丈夫在和谁说电话？他说：有时候无情反而是对的。灵性和兽性的平衡、智性和感性的并存才对。这不叫贪心，这是理想。他口气温和。

真怕自己被说出去的话所拖行，难堪地一下拖到靶场、一下拖到殿堂，那一大群等着要听那个人说话的陌生人，就像动物园中等着争食饲喂工人所丢出的鱼肉的一群海豹。那些不管内容为何的话（有一些是戒律），暴露在阳光下，然后被耳朵这些肉漩涡吸进别人的观感中，在洞里旋转着，混淆成为心得，究竟什么叫很痛苦？再说一百次那也只是三个音节。是的，把它一列列读出来，大声一点，好像那一波波的声韵要淹没他们的理解力，不要考虑太多，大量的清水冲洗着蔬菜，那表面残留的泥沙，顽固地塞进茎叶的凹缝处中，细心地摘除一些烂掉的片角，这是长久以来与脏污的战争，是一个物种的层次高低的挺进，这不着尘埃的家之屋，是这般洁净高贵，这绝对不是其他人能治理出来的窝，把那破败的片角泥沙全都赶出这个屋子，但是，越想除尽侵犯者，就发现反而越多的脏污正围攻过来，一个不容置疑的理想，顿时显得岌岌可危，不能因此稍微感到失望一下吗？一盆盆水倒掉，整株芹菜都干净了，还有地板跟手脚也干净了，浴室在那里敞开着，任人随时对它有需求，水漫过皮肤之后匆匆灌入洞孔流走，声音模糊，如众口喧哗。

做好的几道菜端上桌，可以准备吃午餐了，丈夫打开酒柜，看看家中还有几瓶下次客人来可以拿来喝的酒，听到妻子说已经是中午十二点，他才想起来自己错过了一个介绍旧民谣的电视节目，每次他都忘了准时收视，他似乎料到了自己会不记得，所以不觉得太失望，他把制造日期较新的酒排到后面，把较不喜欢的和老的排外面。

那两个孩子应该是快要回来了，再等一下子看看，他们可能是去上尉家打撞球吧。

擦干手解下围裙，她一大口喝完了一杯水，这个区域容许人去忽略它的结构，不必心存不安，也许坐在餐厅读书会比吃一顿饭来得更适合，每当轮到她读的时候，就会觉得，平常没这样做的时候，这里就好像欠缺了某种能将周围这些几何形状统合为一体的能量，方形的桌面，圆形的盘子，还有综合几种特征的多边不规则形，他们各自夹藏在百科全书的某一行条中，与其他同属同类的事物名称并列着，如果找不到就查"其他"的单元。这些器具离乡至此，一跃而出，供他编排搭配，身为主人理当承担，这样的安置必定有其考量，这个区域便是由此默许出来的道理所构成的，顺畅无比。他说：我们先吃吧。每当一个看法得到彻底陈述时，就仿佛有一块透明的玻璃在他们之间越破越细小，那些声音如鱼网般撒张，将少许不悦的情绪一网打尽，书中的文意持续步行着，读书会上聚精会神着，逐字逐句，一页读完之后，翻过去又是另一页。

原载《联合文学》第十六卷第七期

黄国峻生平创作年表

黄国珍、梁竣瓘 整理

一九七一　出生于台北，作家黄春明次子。

一九七五　四岁，初露绘画天分。《雄狮美术》曾以之为
　　　　　本，讨论儿童绘画及儿童心理。

一九八六　就读淡江高中。对基督教的精神性层面发生
　　　　　兴趣，研读《圣经》、参加校内团契，并于校
　　　　　刊发表作品。

一九八八　淡江高中毕业。开始以文字记录、陈述想法，
　　　　　类似杂记，均未发表。

一九九六　持续写作，并开始尝试发表。

一九九七　处女作《留白》获第十一届联合文学小说新

人奖推荐奖。

二〇〇〇　出版小说集《度外》（联合文学），此书并获《明
　　　　日报》主办"明日报年度好书奖"的"十大本
　　　　土书奖"，与张大春、夏祖丽等人并列得奖。

二〇〇一　《天花板的介入》入选九歌《九十年度小
　　　　说选》。

二〇〇二　出版小说集《盲目地注视》、散文集《麦克风
　　　　试音——黄国峻的黑色 talk 集》（联合文学）。

二〇〇三　短篇小说集《是或一点也不》四月完成（联
　　　　合文学八月出版），并开始着手首部长篇小说
　　　　《水门的洞口》（原预定书名《林建铭》），完
　　　　成五章近五万字，原预计十万字脱稿（联合
　　　　文学八月出版）。并以小说《血气》获选《幼
　　　　狮文艺》"六出天下"小说类六年级世代优秀
　　　　小说家。六月二十日于家中自缢身亡。享年
　　　　三十二岁。